ERICH SCHÜTZ

Das Geheimnis *der Fischerin vom Bodensee*

FISCHERKRIEG »Bodenseefisch« steht auf den Speisekarten der Restaurants rund um den See. Doch Insider wissen, zwei Drittel aller Felchen sind aus anderen Ländern importiert. Die Wogen um den Felchen-Bestand, dem Lieblingsfisch der Touristen am Bodensee, schlagen hoch. »Kein Netzgehege zur Fischzucht im Bodensee«, skandieren die Berufsfischer. »Aquakultur deckt die Nachfrage für unsere Felchen«, setzt Martin Ellegast dagegen. Er hat die Genehmigung ein erstes Zuchtgehege für Felchen im Bodensee zu betreiben. Seine Frau, Gerdi Ellegast, bekannt als die Fischerin vom Bodensee, stellt sich mit ihrer Tochter gegen ihn, was in ihrer Ehe für ordentlich Zündstoff sorgt. Bald gibt es die ersten Verdächtigungen, mit welchen illegalen Mitteln Ellegast wohl seine Fischzucht betreibt. Gleichzeitig finden sich plötzlich auch Quallen im Bodensee. Doch was haben sie hier verloren?

Erich Schütz volontierte beim Südkurier in Konstanz, studierte in Berlin und arbeitete danach beim SWR in Stuttgart, doch der Bodensee lockte ihn zurück. »Das Wasser und die Landschaft«, verrät er, »aber vor allem der kulinarische Genuss in den Landgasthöfen.« Folgerichtig wurde aus dem ehemaligen Polit-Journalisten ein Food-Journalist, Herausgeber des Restaurants-Guide der »Südland Köche« und Buchautor für spannende Bodensee-Geschichten.

ERICH SCHÜTZ

Das Geheimnis *der Fischerin vom Bodensee*

Kriminalroman

GMEINER

Personen und Handlung sind frei erfunden.
Ähnlichkeiten mit lebenden oder toten Personen
sind rein zufällig und nicht beabsichtigt.

Immer informiert

NEWSLETTER

Spannung pur – mit unserem Newsletter informieren wir Sie
regelmäßig über Wissenswertes aus unserer Bücherwelt.

Gefällt mir!

Facebook: @Gmeiner.Verlag
Instagram: @gmeinerverlag
Twitter: @GmeinerVerlag

MIX
Papier aus verantwortungsvollen Quellen
FSC
www.fsc.org
FSC® C014496

Besuchen Sie uns im Internet:
www.gmeiner-verlag.de

Im Ehnried 5, 88605 Meßkirch
Telefon 07575/2095-0
info@gmeiner-verlag.de

1. Auflage 2021

Lektorat: Claudia Senghaas, Kirchardt
Herstellung: Mirjam Hecht
Umschlaggestaltung: U.O.R.G. Lutz Eberle, Stuttgart
unter Verwendung eines Bildes von: © https://commons.wikimedia.org/wiki/File:Ichthyologie;_ou,_Histoire_naturelle_des_poissons_(Plate_105)_(7064450681).jpg
Druck: GGP Media GmbH, Pößneck
Printed in Germany
ISBN 978-3-8392-2801-2

Das ist kein Sachbuch, das ist ein Roman! Es gibt im Bodensee noch keine Felchengehege und auch noch keine genmanipulierten Fische – noch nicht …

1.

»Bodenseefisch« schreibt Max mit weißer Kreide groß und fett auf die schwarze Tafel des Seerestaurants. Eigentlich ist der 25-jährige, schlaksige und langhaarige Max Musiker. Er schlägt das Schlagzeug in einer, leider unbedeutenden, Jazzband. Als Musiker kann er sich kaum über Wasser halten. Also kellnert er in irgendwelchen Restaurants.

Es ist Juni, die Touristensaison startet, da zahlt selbst Peter Ochsner, der Inhaber des größten Restaurants in Überlingen, direkt an der Promenade zum See, überdurchschnittlich hohe Sätze. An Sonnentagen, wenn die Terrasse voll besetzt ist, hat Max verdammt viel zu tun, da würde er mit 15 Prozent des Umsatzes fürstlich entlohnt sein, aber wenn es wochenlang regnet? Also feilschte er zusätzlich um einen Grundlohn, und Ochsner stimmte ihm angesichts der Personalnot im Gastgewerbe notgedrungen zu.

Jetzt schreibt Max, wie von Peter Ochsner angeordnet, unter das mit dicker Kreide geschriebene Wort »Bodenseefisch«, mit etwas dünnerer Kreide untereinander die Fischarten: Felchen, Kretzer, Zander und Waller. Wenn ihn dabei Gerdi, die einst als »Die Fischerin vom Bodensee« berühmt wurde, sehen würde, gäbe es mächtig Ärger. Denn das Angebot des Restaurants liest sich für die Gäste, als wären alle Fische, die sein Chef anbietet, aus dem Bodensee. Das sollen sie auch glauben, das ist volle Absicht!

Aber tatsächlich wissen er und Gerdi, dass die Felchen definitiv nicht aus dem Bodensee stammen. Denn Gerdi kennt jeden Berufsfischer rund um ihren See persönlich, und sie weiß ganz genau, wer seinen Fang wohin liefert. Ochsner steht nicht auf der Liste. Jeder Seeanwohner weiß: Ein Drittel der Felchen, die am Bodensee verkauft werden, mögen aus dem Bodensee sein, aber zwei Drittel kommen garantiert sonst woher, nur nicht aus dem See, der vor den Nasen der Gäste unschuldig in der Sonne glitzert.

Max' Chef, Peter Ochsner, bezieht seine Fische von Martin Ellegast. Er ist – oder war – so genau weiß es selbst Gerdi zurzeit nicht, Gerdis Mann. Martin Ellegast war, als Gerdi ihren Martin geheiratet hat, ebenfalls Fischer. Wobei er in Wirklichkeit nur der Erbe einer großen Fischerei war und schon immer mehr Betriebswirt als Fischwirt ist. Vorausschauend klug hat er sich als Kaufmann am Bodensee längst zum größten Fischhändler gemausert mit internationalen Handelsbeziehungen.

Während Gerdi ihrem Handwerk als Bodenseefischerin, mit dem von ihrem Großvater ererbten Berufsfischerpatent, mit Stolz treu bleibt, hat Martin Ellegast die elterliche Fischerei nicht nur zu einem fischverarbeitenden Betrieb mit 50 Mitarbeitern ausgebaut, sondern betreibt auch Fischzuchtanlagen im östlichen und nördlichen Europa. In seinem Fischbetrieb am Bodensee wird tatsächlich kaum noch echter Bodenseefisch verarbeitet.

Ellegast lässt sich Fische aus aller Herren Länder,

beziehungsweise Seen und Meere, an den Bodensee liefern und verarbeitet sie zu Convenience Food für große Handelsketten. Natürlich hat er immer auch Felchen in seinem breiten Sortiment! Aber eben sicher nie aus dem Bodensee, denn die gibt es immer seltener und wären ihm auch viel zu teuer. Dagegen sind polnische oder russische Felchen, erst recht aus der eigenen Zucht, wesentlich billiger!

»Max, des isch doch g'loge, des wosch du doch au«, provoziert ihn Hanspeter, der dummerweise gerade in dem Augenblick an der Überlinger Promenade entlang geht, als Max die schwarze Tafel mit den frischen Fischangeboten vor dem Seerestaurant so positioniert, dass sie den über die Promenade schlendernden Touristen ins Auge springt.

»Mein Chef sagt, du sollst richtig lesen«, gibt Max Hanspeter mürrisch contra, »wir bieten Bodenseefisch! Und auch Felchen und Kretzer, dass die aber aus dem Bodensee sind, behauptet kein Mensch«, macht Max sich zum Verteidiger seines Brötchengebers, »oder wo liest du das?«

»Du kasch die Tourischte verseckle, aber was sagt deine Gerdi dazu?«, provoziert ihn Hanspeter, der in Max' Band Posaune spielt. Natürlich weiß Hanspeter, der von seinen Freunden wegen seines runden Schädels mit seinen auffallend großen Glubschaugen und dicken Lippen nur Karpfen genannt wird, von der speziellen Beziehung der beiden.

Gerdi Ellegast ist zwar fast doppelt so alt wie Max, aber immer noch äußerst attraktiv. Schließlich galt sie vor 20 Jahren, als sie Martin Ellegast geheiratet hatte, als die Miss Bodensee. Mit blonden Zöpfen, blauen Augen und rot geschminkten Lippen wurde sie als »Die Fischerin vom Bodensee« als die Botschafterin der Bodensee-Berufsfischer deutschlandweit bekannt.

Bis heute hat sie ihre beeindruckend schlanke Figur behalten. Die wenigen Falten, die sich in ihr mädchenhaftes Gesicht geschlichen haben, machen sie nur noch interessanter. Selbst die angegrauten Strähnen in ihrem Blond, der nun halblangen Haare mit modernem Pagenschnitt, harmonieren wie absichtlich eingefärbt.

Max war ein kleiner Steppke, als Gerdi als »Die Fischerin vom Bodensee« bekannt wurde. Er wohnte mit seinen Eltern und seinen beiden Brüdern in deren bescheidenem Seehaus, neben dem Fischerhaus Gerdis, unterhalb der berühmten Wallfahrtskirche Birnau. Er war der Jüngste und blieb in dem Haus seiner Eltern, auch als seine Brüder längst studieren waren. Gerdi war für ihn wie seine große Schwester. Ihr Großvater hatte sich seiner Enkeltochter angenommen, nachdem Gerdis Mutter allzu früh gestorben und der Papa verschollen war.

Max half als kleiner Knirps seiner Nachbarin, wenn sie auf den See hinausfuhr, um ihre Netze einzuholen. Als Gerdi nach ihrer Hochzeit zu den vornehmen Ellegasts nach Meersburg zog, blieb er natürlich bei seinen Eltern zurück und verlor Gerdi aus den Augen.

Doch seit sie vor ein paar Wochen wieder in das Fischerhaus ihres Großvaters eingezogen ist, sind die alten Sympathien wieder aufgeflammt. Seither ist Max wieder öfters bei der Nachbarin zu sehen, und so blühen die Spekulationen der Tratschmäuler.

»Wo habt ihr die Felchen denn her?«, bohrt Hanspeter provozierend weiter, »und auch Zander gibt es doch fast keinen mehr im See.«

»Vielleicht, weil der Ellegast sie alle gefangen hat«, weicht Max aus, lacht über seinen eigenen Witz und lässt seinen Musikerkollegen einfach stehen. Ihm ist es nicht danach, das leidige Thema *Felchen* lauthals vor den Gästen zu diskutieren. Peter Ochsner hat nun mal eine andere Meinung als er und als Gerdi erst recht.

Seit Monaten redet Gerdi über nichts anderes mehr als über die Pläne ihres Mannes, oder eben Ex, mehrere Felchenzuchtgehege im Bodensee zu installieren. »Ich bin Fischerin und ich will Wildfische in unserem See fangen!«, ist ihr Credo, »und die Gäste am See wollen auch nur ein Felchen, das frei und wild durch den See schwimmt und keines aus der Gefangenschaft aus einem Gehege.« Ein Fischzuchtgehege zerstört für sie das von Gott gegebene natürliche Gleichgewicht im See.

Doch nicht nur ihr Mann, Martin Ellegast, hält an den Gehegeplänen fest, auch einige Großgastronomen wie Peter Ochsner. Für sie ist klar: »Die Gäste kommen an den See gefahren und wollen Bodenseefisch essen! Also müssen wir ihn servieren. Scheißegal, auch wenn das Felchen* aus einer Aquakultur stammt!«

Ochsner hat Ellegast von Anfang an zugesagt, Bodenseefelchen aus seinem Gehege zu kaufen und seinen

* Felchen, der; -s, (ein Fisch) – schreibt Konrad Duden. Aber für ihn kommt der Seefisch auch aus dem Meer. Meine Lektorin, Claudia Senghaas, und ich, haben uns bewusst für die Bodensee-Umgangssprache entschieden. Demnach heißt es das Felchen und ist ein Seefisch aus dem Bodensee! – Bei Butter geben wir uns geschlagen und lassen die Fischerin vom Bodensee ihrem Mann die Butter reichen.

Gästen zu servieren. »Wo ist das Problem?«, schiebt er alle Einwände beiseite, »dabei ändert sich weder für uns noch für unsere Gäste rein gar nichts«, argumentiert er. »Wir bleiben ehrlich und servieren Bodenseefelchen, das wollen doch alle, dann ist alles wieder gut! Wichtig ist nur, wir bekommen genügend Felchen geliefert, die wirklich aus unserem See stammen!«

Ehrliche Gastronomen haben schon den ganzen Juni über nur noch selten Felchen auf ihrer Speisekarte stehen. Es ist wie verhext, aber auch Gerdi zieht jeden Morgen ihre Netze aus dem See und könnte weinen. Saiblinge und Kretzer, sogar auch den seltenen Zander oder einen großen Wels bringt sie mit nach Hause, aber leider keine Felchen. Dabei haben sich die Gäste gerade auf diesen verfluchten Fisch fokussiert. Doch die Fangquoten von Felchen bleiben mau und liegen seit Jahren weit unter der Menge der Nachfrage.

Vor allem Blaufelchen, die kräftig und gesund den ganzen See durchschwimmen, gelten als eine Besonderheit, wie sie nur in wenigen Gewässern der Welt zu finden sind. Sie bieten für die Bodenseefischer ein Alleinstellungsmerkmal! In den 1990er-Jahren haben Fischzüchter versucht, das Blaufelchen in bayerischen Seen anzusiedeln, es hat einfach nicht funktioniert. Dies beweist für die Bodenseefischer erst recht die hohe Wertigkeit ihrer wilden Blaufelchen.

»Ob Blau,- Sand- oder sonst was für -felchen, das ist mir doch scheißegal!«, sagt Peter Ochsner dagegen, »meine Gäste verlangen nach Bodenseefelchen, also bringst du sie mir gefälligst, egal woher und ob blau oder grau«, gab Ochsner Ellegast schon vor Jahren einen Freischein. »Auf meiner Speisekarte steht auch täglich *Reichenauer Salat*. Für die Menge, die ich verkaufe, müsste die Salatinsel eine Fläche haben größer als der ganze Bodensee.«

Der stete Mangel an Bodenseefelchen heizt die Diskussion um die Felchengehege jährlich erneut an. Alljährlich, wie die Herbsttürme, fegen neue Gutachten und Argumente für und wider die Gehege um den See. Immer wieder neue Nachrichten wirken wie kräftige Böen aus den verschiedensten Himmelsrichtungen. Einem Wirbelsturm gleich sorgt nun der öffentlich gemachte Streit zwischen den Mitgliedern der Familie Ellegast für neue Spekulationen.

Als bekannt wurde, dass Gerdi Ellegast sich den Gehegeplänen ihres Mannes widersetzt, versammelten sich die Berufsfischer mit ihrem Widerstand gegen die Gehege hinter ihr. Jetzt ist die zuerst nur umweltpolitische Diskussion zum Thema »Tierwohl« plötzlich ein tierischer Stoff mit familiären Spitzen und Zutaten für jeden Tratsch und Klatsch.

Überlingen ist eine Kleinstadt. Viele Seeanwohner erinnern sich noch an das Werben des jungen Ellegast aus Meersburg um die schöne Gerdi Gassel in dem Fischerhaus am Rande ihrer beschaulichen Kurstadt, hinter dem Ortsteil Nussdorf. Danach gab es eine große und bombastische Hochzeit auf der Weißen Flotte.

»Dass diese Ehe überhaupt 20 Jahre lang gut ging«, ist jetzt plötzlich das Thema der bösen Lästermäuler. »Der fleißige und erfolgreiche Ellegast und die arrogante Gassel aus dem kleinen Fischerhäuschen«, urteilen sie. »Kinder kitten Ehen«, wissen andere. Aber schon macht sich das nächste Gerücht breit: Auch Töchterchen Lena ist ausgezogen und wohnt nicht mehr bei Papa Ellegast.

Der eheliche Streit wegen des Felchengeheges ist längst zum offiziellen Politikum geworden. Das Thema »Bodenseefischer kontra Ellegast« spitzt sich zum Klatschthema »Ellegast gegen Ellegast« zu.

Ausgang offen.

2.

Eine schwere Kette verhindert, dass Max die Metallklappe des großen Müllcontainers aufschieben kann. Es ist stockdunkel um ihn. Er nimmt sein Handy, lässt es kurz aufblitzen, dann schmunzelt er. Ein einfaches Marderschloss hält die Kette um den Öffnungsriegel verschlossen. Max schaut sich um, er sieht kaum etwas, so dunkel ist diese Nacht, kein Mond, keine Sterne, nur dunkle Wolken rieseln leichten Sprühregen über Meersburg ab, zusätzlich wabern Nebelschwaden über die Seeregion. Typisches Seewetter, noch am Morgen heller Sonnenschein, am Abend schon trübe Regenwolken und ein empfindlicher Temperatursturz.

Max hantiert an den Müllcontainern Ellegasts im hintersten Winkel des Parkplatzes. Die Hallen der Fischverarbeitungsfirma Ellegast liegen 50 Meter vor ihm. Er sieht sie kaum im Dunkeln, hört aber die Motoren der Kühlanlagen. Der Parkplatz ist verweist. Kein Mensch in Sicht. In Ruhe fingert Max einen Schlüsselbund aus seiner Tasche und macht sich ans Werk. Ein Marderschloss zu knacken, ist für ihn kein Hexenwerk. Als Halbwüchsige haben sie öfter die Marderschlösser an den Motorbooten im Überlinger Osthafen geknackt, um mit ihnen nachts über den See zu preschen.

In Ruhe sucht er einen passenden Schlüssel aus, er will in den Müllcontainer Ellegasts sehen, vielleicht findet er dort die Verpackungen der Felchen, die der Fischhändler heute Morgen in das Seerestaurant geliefert hat. Max will wissen, woher diese Felchen tatsächlich stammen. Aus dem Bodensee jedenfalls nicht. Felchen werden für die Bodensee-Gasthäuser aus Italien, Polen oder gar aus Sibirien eingekauft, seit Neuestem auch aus Lettland und jetzt auch noch aus Weißrussland. Was zählt, ist allein der Preis. Mitbieten können allerdings nur Zuchtanlagen in Seen, die in den nördlichen Breiten liegen. Das Felchen braucht frisches und kühles Wasser. Bisher schien der im Herzen der Alpen gelegene Bodensee seine ideale Heimat.

Plötzlich schreckt ihn ein klirrendes Geräusch auf, als wäre eine große Glasscheibe zu Bruch gegangen. Gleichzeitig erhellen grelle Scheinwerfer das Firmengelände und den Parkplatz. Verdammt, er hat noch nicht den passenden Schlüssel gefunden. Unsicher schielt er hinter den Müllcontainern hervor. Er sieht drei Gestalten hintereinander, ganz eng im Schatten der Flutlichter schnell an der Hauswand der Fischfabrik entlangwischen. Sie bewegen sich hastig in Richtung der hinteren Zufahrt des Firmengeländes, wo kein Licht hinstrahlt und er seinen alten Renault abgestellt hat.

Gleichzeitig klirrt erneut Glas, noch lauter, und Max sieht, wie plötzlich Flammen aus geborstenen Fenstern des Gebäudes im Erdgeschoss schlagen. Unsicher schaut er sich um. Zeit zu verschwinden, denkt er und huscht im weiten Bogen um das Firmengelände, sich ebenfalls möglichst im Dunkeln haltend, den drei schwarzen Gestalten in den Hinterhof hinterher.

Haben die drei das Feuer in der Fischverarbeitungsfirma gelegt? Angestrengt starrt Max in das Dunkel. Wo sind sie hin? Hinter sich sieht er das Feuer immer höhere Flammen schlagen. Soll er zurückgehen? Muss er Erste Hilfe leisten? Aber wie soll er Ellegast anschließend erklären, was er auf dem Firmengelände gesucht hat? Menschen waren offensichtlich nicht in der Fischverarbeitungshalle, beruhigt er sich, schließlich hat er kein Licht gesehen. Aber er rätselt, woher die drei Gestalten plötzlich kamen und wohin sie jetzt verschwunden sind?

Max entschließt sich abzuhauen, nichts wie weg. Er rennt, ebenso wie die drei Gestalten, im Schatten der grellen Strahler Richtung Hinterausgang des Firmengeländes. Eine Schranke versperrt die Ausfahrt zu dem angrenzenden Wald. Auf dem Waldweg, der direkt zu Ellegasts Firma führt, hat er sein Auto stehen gelassen.

Plötzlich sieht er die drei wieder. Auch sie rennen den gleichen Waldweg hinunter in die Richtung, wo Max' Auto steht. Max überlegt nicht lange und setzt den dreien nach.

Die zuerst kleinen Flammen entwickeln sich zu einem mächtigen Brand. Max schaut noch einmal zurück und wundert sich, wie die drei solch ein Feuerwerk entstehen lassen konnten. Doch, wo sind sie geblieben? – Egal, er muss jetzt weg.

Kaum an seinem Auto angekommen, setzt er sich hinein und startet den Motor. Bevor die Feuerwehr und die Polizei kommen, muss ich über alle Berge sein, denkt er. Ohne die Schweinwerfer seines Autos aufzudrehen, wendet er auf dem schmalen Feldweg im Dunkeln seinen Wagen und will zur Straße fahren. Im Wald ist es noch dunkler als auf dem Firmengelände, er ahnt mehr den Weg, als dass er ihn tatsächlich sehen kann. Stockdunkel, Nieselregen und Nebel, er muss also sehr langsam fahren.

Plötzlich spürt er einen kräftigen Schlag gegen das Heck seines alten Kasten-Renaults Rapid. Himmel, gerade ist ihm in Überlingen ein alter Herr ins Heck des Autos gekracht, jetzt schon wieder.

Ohne lange zu überlegen, steigt er aus und geht aufgebracht zu dem Hintermann, da brüllt ihm dieser mit heruntergelassener Scheibe aus seinem alten roten Golf heraus schon entgegen: »Verschwinde, du Sekel, was fährst du ohne Licht durch den stockfinsteren Wald?«

»Und du Sekel! Habt ihr das Feuer gelegt?«, schießt Max erbost seine Verdächtigung zurück. Als Antwort ertönt das erste Martinshorn in der Ferne.

»Verschwinde jetzt, wir waren es nicht, und wenn die Bullen uns erwischen, bist du genauso dran, vielleicht hast du das Feuer ja gelegt!«, blafft die unbekannte Stimme aus der dunklen Karre hinter Max' Auto.

»Ich glaub, du spinnst«, ist Max schnell auf Hundert und geht mit Wut im Bauch auf die Fahrertür zu. »Du fährst mir in den Arsch und drohst mir noch dazu mit der Polizei?« Energisch versucht er, die Fahrertür aufzureißen. Weitere Martinshörner ertönen, sie kommen schnell näher. Schon zucken die Blaulichtblitze durch die Baumstämme bis in den Wald. Max rüttelt an dem Türgriff des Autos, aber der Fahrer hat schnell den Verriegelungsknopf gedrückt.

»Glaub uns, wir bezahlen dir deine Beule, aber jetzt

lasst uns hier verschwinden«, hört Max plötzlich eine junge Frauenstimme aus dem Inneren des Wagens. Er bückt sich hinunter, kann aber in dem dunklen Auto nicht viel erkennen. »Warum sollten wir ein Haus anzünden, nur weil darin tote Fische verarbeitet werden, das ist doch Quatsch.«

»Fahr jetzt, bevor die Bullen die Straße da vorne sperren, dann sitzen wir alle fest«, mischt sich der Fahrer des Golfs energisch ein.

»Bitte!«, wird die Frauenstimme aus dem Off energischer, »fahr jetzt weg da vorne!« Gleichzeitig erhellen Scheinwerfer die Waldszenerie. Ein großer Löschwagen der Feuerwehr ist in den Waldweg eingebogen und hält direkt auf die beiden Autos, die mitten auf dem Weg stehen, zu. Das Martinshorn übertönt jedes weitere Wort, der Feuerwehrwagen gibt zusätzlich zu seinem Blaulicht mit Fernlicht Zeichen, den Weg frei zu machen.

»Scheiße!«, brüllt Max, läuft nach vorne zu seinem Auto und springt hinein. So schnell und so weit er kann fährt er auf dem unbefestigten Waldweg auf die rechte Seite. Der Fahrer des Löschfahrzeugs hält unbeirrt auf ihn zu. Max fährt noch weiter rechts ran, schlägt noch stärker ein, er muss fast in den Graben fahren, um Platz zu schaffen, sonst schrammt ihn der Feuerwehrwagen. Der kennt nichts, wird Max bewusst und spürt, wie sein Auto bereits in den Graben abrutscht.

Der Löschwagen schießt, ohne abzubremsen, mit hohem Tempo und ohne Rücksicht an ihm vorbei. Offensichtlich will er das Feuer in den Fabrikhallen der Fischfabrik von der Rückseite her bekämpfen.

Kaum ist der große Feuerwehrwagen durch, gibt Max

sofort wieder Gas, er will schnellstmöglich aus dem Graben zurück auf die sichere Fahrbahn, doch die Räder drehen durch. Komm schon, denkt er, nimmt etwas Gas weg und lässt die Kupplung schmieren. Ganz langsam, sagt er zu seiner alten Karre und wohl auch zu sich, nur nicht durchdrehen. Er gibt fast kein Gas mehr, damit die Räder Halt finden. Plötzlich wird es hell neben ihm, da sieht er die Karre der drei dunklen Gestalten, die ihm eben noch in sein Heck gefahren sind, auf fast gleicher Höhe neben sich.

Doch so schnell gibt er sich nicht geschlagen, er will die drei nicht so einfach entkommen lassen. Also drückt er geistesgegenwärtig das Gaspedal ganz durch. Die 58 PS seines 20 Jahre alten Kastenwagens heulen auf, und der Renault macht tatsächlich einen Satz genau vor die Schnauze des Wagens der drei Gestalten. So stimmt die Rangfolge wieder, denkt Max und will sich die drei jetzt nochmals ernsthaft vorknöpfen, da aber biegt der nächste Einsatzwagen mit Blaulicht schon in den Feldweg ein.

Max hat zwar nun, wie auch die drei Gestalten in dem Auto hinter ihm, ordentlich sein Abblendlicht eingeschaltet. Trotzdem muss er aber jetzt hier weg. Er kann gar nicht anders, bleibt in seinem Wagen sitzen, legt den ersten Gang ein und fährt erneut auf dem feuchtschmierigen Waldweg rechts ran, damit der entgegenkommende Wagen an ihm vorbeifahren kann.

Der Wagen mit Blaulicht entpuppt sich schnell als ein Polizeiauto. Max hofft, dass er an ihm vorbeifährt, dem Feuerwehrwagen hinterher. Langsam rollen die beiden Autos aufeinander zu. Aus dem Auto vor ihm streckt der Polizist am Steuer, nachdem er seine Scheibe heruntergelassen hat, seinen linken Arm mit Lichtkelle heraus und deutet Max unmissverständlich an stehen zu bleiben.

Max schaut kurz in den Rückspiegel, der Wagen hinter ihm bleibt ebenfalls stehen. Der Polizeiwagen ist jetzt auf seiner Höhe, auch er kurbelt seine Scheibe herunter und grüßt freundlich zu dem Polizisten hinüber.

»Guten Abend, wo kommen Sie her?«, hält der sich nicht lange mit Höflichkeiten auf.

»Ich war spazieren«, hört sich Max sagen und könnte sich gleichzeitig für die unmotivierte, doofe Antwort ohrfeigen.

»Fahren Sie bitte ganz rechts ran, sodass noch weitere Löschfahrzeuge vorbeikommen können«, weist ihn der Polizist scharf an, »und dann warten Sie auf uns!«

»Aber warum denn?«, will Max wissen.

»Tun Sie, was ich Ihnen sage«, knurrt der Polizist unfreundlich, »und machen Sie keinen Unsinn, Sie kämen heute Nacht nicht weit.«

Der Polizist setzt seinen Streifenwagen nach hinten, aber auf Max' Straßenseite, sodass seine Motorhaube genau vor dessen Motorhaube steht, als befürchtete er, Max könnte doch noch weiterfahren.

Aber der steigt aus, schaut schnell zu dem Wagen hinter ihm: KN -AK 475, die Autonummer will er sich merken.

Dessen Fahrer setzt brav seinen Blinker links und gibt einfach Gas. Frech fährt der Sekel an Max vorbei. Dieser versucht, noch schnell einen Blick in die Fahrgastzelle zu erhaschen. Doch außer zwei bärtigen, dunkelhaarigen Männern im Fond und einem Blondschopf auf der Rückbank, der ihm jetzt auch noch keck zuwinkt, kann er kein Gesicht deutlich erkennen.

»Sind das Bekannte von Ihnen?«, fragt der Polizist, der schon neben ihm steht.

Max überlegt kurz, ob er seinen Verdacht äußern soll, winkt dann aber ab: »Was wollen Sie von mir?«

»Ihre Papiere!«

Martin Ellegast blickt grimmig, er sagt kein Wort. In seinem erzürnten Gesicht spiegeln sich die Flammen, die noch immer aus seinem fischverarbeitenden Betrieb züngeln. Fünf Wehren aus allen umliegenden Gemeinden hat die Feuerwehr Meersburg zusammengerufen. Fast 100 Männer und Frauen sind im Einsatz.

»Es ist das verdammte Öl«, sagt der Feuerwehrkommandant zu Ellegast, »es müssen Hunderte von Litern sein, die solche Flammen schlagen und die starke Hitze entwickeln.«

»Das ist nur Altöl aus der Fritteuse«, gibt sich Ellegast nach außen cool, »aber wer hat den Brand gelegt? Das ist die Frage.«

»Warum?«, staunt der Feuerwehrkommandant. »Wer hat denn von Brandstiftung gesprochen? Wie es aussieht, hat sich das Feuer in einer der Fritteusen entwickelt, da ist der Brandherd.«

»Was wissen denn Sie«, winkt Ellegast verärgert ab. Trotz der tiefen Nachtzeit steht Ellegast gut gekleidet, in Anzug und Krawatte, neben dem uniformierten Feuerwehrkommandanten. Seine Elvistolle hängt im lässig in sein schmales Gesicht. Seine Stirn liegt leicht in Falten.

Seine Augen sind hellwach. »Wir brauchen einen Brandexperten, der die genaue Brandursache ermittelt. Haben Sie solch einen Fachmann? Sonst besorge ich ihn!«

»Die Kripo muss gleich hier sein«, weicht der Feuerwehrmann den versteckten Vorwürfen aus, »machen Sie sich keine Sorgen, bei der Schadenshöhe wird die Polizei Fachleute der Landesdirektion hinzuziehen.«

»Pah!«, blafft Ellegast. »Halten Sie den Ball flach, der Schaden ist überschaubar. Ich will nur die Täter.«

Max begutachtet am nächsten Morgen den Schaden an seinem alten Renault. Die Heckklappe des Kastenwagens lässt sich noch problemlos öffnen und schließen. Aber vielleicht sollte er doch den großen Stand-Tom-Tom und die beiden Bass Drums herausnehmen, nur wegen seinem Schlagzeug hatte er sich den alten Kastenwagen gekauft, doch als Lagerhalle sollte er nicht dienen. »Hopp«, sagt er zu sich selbst und klemmt das Becken unter seinen rechten Arm, mit der Linken packt er die beiden Hänge-Tom-Toms und will sie in sein Haus tragen.

Wie er um sein Auto geht, sieht er hinter einem der Scheibenwischer einen weißen Zettel klemmen. Aber zuerst muss er seine Hände freibekommen, also geht er weiter und stellt den ersten Teil des Schlagzeuges im Flur seines Häuschens ab. Dort haben die Hänge-Tom-Toms einen festen Platz. Da stellt er sie hin und beginnt gedankenverloren, darauf zu trommeln. Schnell findet er einen Rhythmus und spielt den Anfang der ersten Akkorde von »Freak of Natures Rescue Me«.

»Bahnt sich da was an?«, lächelt Gerdi Ellegast, sie

steht plötzlich, ganz unvermittelt, vor Max und winkt mit dem kleinen weißen Zettel, den Max gerade hinter seinem Scheibenwischer bemerkt hat. Sie scheint schon auf dem See gewesen zu sein. In Wattstiefeln und in ihrer grünen wasserdichten Fischerhose, deren Latz ihr fast bis unter die Achseln reicht, liest sie ihm mit verführerisch gespielter Stimme vor: »Danke, dass du dichtgehalten hast! Wir bezahlen den Schaden – versprochen, irgendwann.«

»Weißt du, was heute Nacht passiert ist?«, platzt es aus Max heraus, »die haben die Fischhallen deines Mannes abgefackelt!«

»Keine verdammenswerte Tat, aber das wird ihn nicht aufhalten«, ändert sich schnell die Stimmung in Gerdis Gesicht vom Liebesboten zur Kampfamazone. »Ich habe es im Seefunk gehört, aber von Brandstiftung war keine Rede.«

»Ich habe es aber selbst gesehen, ich war dort, woher glaubst du, dass der Zettel ist? Die bedanken sich, dass ich sie nicht bei der Polizei verpfiffen habe.«

»Wer sind *sie*? Und warum hast du es nicht getan?«

»Das frag ich mich jetzt auch, ich weiß es selbst nicht.«

»Das kannst du gleich nachholen«, zeigt Gerdi Ellegast zum Fenster hinaus.

Max folgt ihrem Blick und sieht zwei uniformierte Polizeibeamte aus einem Streifenwagen steigen. Die beiden gehen zu seinem Renault, bei dem die Ladefläche noch offensteht. Interessiert gehen sie um den Wagen, Max schaut ihnen gespannt zu.

»Ich bin dann mal weg«, sagt Gerdi schnell, wirft ihm

mit einem Handkuss den kleinen weißen Zettel zu und verschwindet durch den Hinterausgang.

Max lässt den Zettel schnell in der Hosentasche seiner eng geschnittenen Levis verschwinden und geht zur Vordertür, dabei läuft er einem der Polizisten geradewegs in die Arme.

»Musiker müsste man sein, da kann man morgens wenigstens ausschlafen«, begrüßt ihn der erste Polizist.

»Und bis nach Mitternacht den Bühnenclown geben«, antwortet Max, »und das meist für ein mageres Trinkgeld.«

»Und gestern?«, beendet der zweite Polizist das Geplänkel. »Was haben Sie da mitten in der Nacht im Wald bei Meersburg bei der Fischfabrik Ellegast gemacht?«

»Ich bin noch bei Dämmerung in den Wald gefahren, ich kenne da einen Platz, an dem Morcheln wachsen. Es war den ganzen Juni über heiß, dann gestern der Regen, da wollte ich mal nachsehen«, hatte sich Max schon am Morgen eine bessere Ausrede als die in der Nacht zuvor zurechtgelegt, um gerüstet zu sein, falls die Bullen kommen sollten.

»Auf dem Gelände von Ellegast waren Sie nicht?«

Verdammt, hatten ihn irgendwelche Videokameras aufgezeichnet? Oder blufft der Polizist? »Nein!«, entscheidet sich Max zur dreisten Lüge.

»Und die Insassen in dem Wagen, der Ihnen gestern folgte, als Sie aus dem Wald herausfuhren, wer waren die? Ihre Pilzberater?«

»Weiß ich nicht.« Angriff ist die beste Verteidigung denkt sich Max und legt nach: »Ihre Kollegen haben den Wagen durchgewunken, mich haben sie angehalten, da müssen Sie die fragen.«

Schnell wird Max klar, die Polizei hat nichts in der Hand, das Frage-und-Antwort-Spiel bewegt sich belanglos an der Oberfläche, deshalb will er jetzt wissen: »Gehen Sie von Brandstiftung aus, oder warum sind Sie hier?«

»Wir ermitteln«, antwortet einer der Polizisten.

»Bei mir?«

»Auch bei Ihnen.«

»Lächerlich, ich kenn den Mann kaum, warum sollte ich? Was sollte ich für ein Motiv haben?«, winkt Max ab. Dabei denkt er an die drei Gestalten in dem Wagen, der ihm in das Heck fuhr. Lässig greift er in seine Tasche und spürt den weißen Zettel. KN–AK 475, erinnert er sich, der Wagen müsste sich doch finden lassen.

»Und wo sind Ihre Morcheln?«, unterbricht einer der Polizisten seine Überlegungen.

»Felchenfilets mit Morcheln wären eine feine Sache«, antwortet Max, »aber leider gibt es zurzeit beides nicht.« Freundlich lächelt er den Polizisten ins Gesicht und weiß auch schon, wie er an die Adresse zu der Autonummer kommt.

3.

Auf der Edelstahlfläche der Seziertischplatte liegt ein totes Felchen. Der Körper ist aufgeschnitten, die Innereien davor sind fein säuberlich drapiert. Deutlich zu erkennen sind die Leber, die Nieren und das Herz. Mit einem Handgriff zieht Doktor Simon die Rundleuchte an der Decke über das Zentrum des toten Fischs auf das Wundfeld. Der fokussierbare Lichtstrahl ermöglicht ein punktuelles Ausleuchten der Leber. »Sehen Sie hier, die Leber wie auch die Nieren sind angegriffen, die inneren Organe zeigen Zeichen einer Septikämie wie Petechien, das heißt breiige Nieren und Milzschwellung.«

»Kein Mensch will die Nieren oder gar die Milz der Felchen essen«, herrscht Martin Ellegast den Tierarzt an. Er selbst hat ihn von der Universität Hohenheim abgeworben. Er benötigt einen Sachverständigen, der seinen Testlauf der Felchengehegezucht begleitet, dokumentiert und schließlich wissenschaftlich die Unbedenklichkeit der Fischzucht im Bodensee belegt. Doktor Franz-Josef Simon gilt in der Fachwelt als unbestechlich.

Fischgehegezucht ist nichts Neues, Aquakultur klingt moderner. Die Anfänge der Kescherhaltung geht auf Fischer zurück, die schon immer im Bodensee Netze oder Kescher nutzten, um Fische, die sie unter der Woche gefangen hatten, am Wochenende frisch auf dem Markt anzubieten.

Positiv für Ellegast ist die Tatsache, dass bei den Gehegen im See die Fütterung, Kontrolle und Ernte leicht zu bewerkstelligen sind und gleichzeitig ein stetiger Austausch mit dem Umgebungswasser stattfindet. »Eine kostenlose Frischwasserzufuhr«, lacht Ellegast.

Seine Gegner dagegen bemängeln den ungehinderten Stoffwechselaustausch, Futterreste und eventuell verabreichte Medikamente, die direkt in den See geleitet werden. Dabei kommt es ihrer Meinung nach zur Störung des Ökosystems. »Und das im Trinkwasser!«, monieren nicht nur ausgewiesene Umwelt- oder Tierschützer.

Die von Ellegast neu installierten Netzgehege bestehen aus einem schwimmfähigen Trägersystem und einem Netz, das die Tiere einschließt. Die einzelnen Anlagen kann er leicht in der Größe variieren. Es sind kreisförmige Plastikkonstruktionen mit Netztiefen von 10 bis 40 Metern und einem Volumen von 3.000 bis 30.000 Kubikmetern.

Ellegast hatte die Ministerien in Stuttgart überzeugt, dass die Felchengehege die Wirtschaft und den Tourismus im Ländle stärken. Selbst kritische Politiker der Grünen Partei hatte er eingefangen. Einige von ihnen hatte er kurzerhand in seinem Privatflugzeug von Friedrichshafen nach Finnland geflogen. Dort betreibt Ellegast große Fischzuchtanlagen. Vor Ort konnten die Damen und Herren auch verschiedene Felchengehege inspizieren.

Ellegast lacht noch heute: »Ich weiß nicht genau, was sie gesehen haben, aber ich weiß, dass der Fraktionsvorsitzende am nächsten Morgen einen dicken Kopf hatte.« Geschickt hatte er die Kurzvisite geplant und die kleine Gruppe der Politiker sowie eine junge Journalistin des Lokalblattes nach der Landung in Finnland direkt auf sein Gelände gelotst und dort keine Minute aus den Augen gelassen.

Wie es sich in Finnland gehört, hat Ellegast neben dem Gästehaus auf seiner Fischfarm eine finnische Rauchsauna aufgestellt. Hier servierte er gleich nach der Ankunft am frühen Abend in dem rußigen Holzhaus persönlich das erste Bier und Wodka. Danach bewies er der kleinen Abordnung mit einem Sprung in einen seiner Teiche, wie sauber das Wasser ist.

Die Krönung hatte er sich für den späteren Abend aufgehoben. Gemeinsam ging er mit den Politikern und der Journalistin an einen großen See auf seinem Gelände. Der Redakteurin hatte er zuvor eine Nikon D7500 in die Hände gedrückt: »Damit Sie scharfe Bilder machen können«, hatte er zu dem jungen Mädchen gesagt und ihr etwas zu lange die Unterarme getätschelt.

Dann mussten sie alle in ein Boot steigen, in dem mehrere Kescher mit Teleskopstielen lagen. Ellegast steuerte das Boot auf den See. Hier sahen die Gäste große runde Netzbassins schwimmen. Drei Stück hatten einen Durchmesser von mindestens 50 Metern, die Tiefe gab er ihnen mit 30 Metern an. Er selbst steuerte das Boot an den Rand eines der runden Gehege und forderte die Gäste auf, sich jeweils mit ihren Keschern einen Fisch aus dem Wasser zu holen: »Ihr Abendessen!«, lachte er. »Ihre ersten Felchen aus einem Gehege!« Er warf eine Handvoll Fischfutter in das Netzgehege, und schon wimmelte die Wasseroberfläche von tummelnden Felchen. Jeder der Gäste hatte so schnell seinen Fisch im Kescher.

Gleich danach servierte die Küche den frischen Fang. Es gab Felchen mit Pfifferlingsoße und Fischrogen, Felchen mit Wildkräutern gefüllt und Felchenfilet mit Krebsen. »So gut wie an iserem See, oder?«, fragte Ellegast und schaute in die zufriedenen Gesichter seiner kleinen Ausflugsgruppe.

Auf dem Rückflug legte er den Reisenden noch eine kleine Ökobilanz vor. »Von Helsinki bis an den Bodensee sind es über 3.500 Kilometer, eine Tonne CO_2-Emission kommt so für jeden größeren Transport der Felchen schnell zusammen. Klimafreundlich ist das nicht«, diktierte er der jungen Journalistin in ihren Block, die sich nochmals für die neue Kamera bedankte, während der Grüne Politiker nachdenklich nickte und zustimmte: »Wir sollten alles unternehmen, um den klimaschädlichen Lebensmitteltourismus zu beenden«, ließ der grüne Abgeordnete sich in der *Bodenseezeitung* zitieren.

»Leider sieht man einigen Felchen ihre äußerlichen Verletzungen an«, reißt Doktor Simon Ellegast aus seinen Erinnerungen. »schon bei Jungfischen zeigen sich dunkle Hautflecken und Rötungen bei den Flossenansätzen.«

»So lange es keine signifikanten Häufungen sind, sollten wir die Sachlage erst einmal unter uns hier klären«, versucht Ellegast zu beschwichtigen, »wir stehen am Anfang unseres Testlaufs, das bekommen wir alles schnell in den Griff. Für die Tiere ist das auch alles neu, das heißt viel Stress für sie, und zu allem hin ist es Sommer, wir haben gerade hohe Wassertemperaturen, das spielt uns nicht in die Karten.«

»Ja,« stimmt ihm Doktor Simon zu, nervös streift er eine graue Locke von seiner Goldrandbrille, sein Gesicht ist blass, seine hellblauen Augen flackern unruhig, »wir sind eben nicht in Finnland, der Bodensee wird jährlich wärmer, es weiß kein Mensch, wie die Felchen auch in freier Wildbahn darauf in Zukunft reagieren.«

»Wir müssen die Gehege einfach tiefer fahren, jeder Meter tiefer bringt uns kältere Wassertemperaturen«, winkt Ellegast ab, »das ist der Vorteil unserer Anlage, wir können den Felchenschwarm dorthin im See steuern, wo er sich am wohlsten fühlt.«

Im Gegensatz zu Doktor Simon sprüht Ellegast vor Zuversicht. Wobei gerade im Sommer, bei erhöhten Wassertemperaturen und Sauerstoffmangel, auch die Forellenzüchter im Schwarzwald das Problem der Furunkulose kennen. Die Veränderungen auf der Fischhaut werden dem erhöhten Stress der Tiere in zu warmem Wasser zugeschrieben. Letztendlich ist es eine bakterielle Infektionskrankheit, die sich im Fischschwarm bei enger Haltung durch Kot und Urin infizierter Fische verbreitet.

»Stellen Sie sich nicht so an, Herr Doktor«, schmunzelt Martin Ellegast, »noch nie ein Furunkel am Arsch gehabt?« Er nimmt den toten Fisch und seine Innereien und wirft alles zusammen in einen Plastikeimer neben dem Seziertisch. »Wir werden uns die Mühe machen müssen und jedes Fischchen liebevoll mit einer kleinen Spritze stärken.«

»Ich werde eine bakteriologische Diagnose erstellen, nach der wir ein wirksames Antibiotikum zusammenbauen«, gibt sich Doktor Simon geschlagen und spritzt mit einem Wasserschlauch das Blut des toten Felchen von der Tischwanne. Über ein leichtes Gefälle verschwinden die letzten Spuren der verletzten Innereien im Abfluss.

Martin Ellegast hatte schon in seinem Betriebswirtschaftsstudium erkannt, dass günstige Angebote immer der Erfolg rationeller Produktion sind. Auto, Fernsehen oder Handy eroberten nur als Massenprodukt den Markt. Dies gilt für ihn auch für Lebensmittel. Fleisch und Fisch liebten die Menschen schon immer, aber nicht immer konnten sie sich die Edelprodukte leisten. Natürlich erkannte auch er die Werbewirksamkeit der Auszeichnung »Wildfisch geangelt«. Doch Insider können darüber nur lachen. Was müsste ein Fisch kosten, wenn ein Angler früh am Morgen auf dem See seine Rute auswirft und am Mittag mit nur einem oder auch zwei Felchen nach Hause kommt. Der Schlüssel zum Erfolg heißt Arbeitsteilung und in seiner Branche Massenaufzucht und Fließbandschlachtung. In seinem Gehege zählt nicht der einzelne Fisch, sondern die Tonnen an Felchen, die er täglich am Fließband zerlegt, filetiert und als Convenience an seine Großkunden liefern will.

»Wir müssen unseren Berufsstand schützen!«, ruft Gerdi Ellegast in den Saal des Nebenzimmers im Gasthaus »Grüner Baum« in Moos. »Wir Berufsfischer sterben aus!« Tatsächlich werden es jedes Jahr weniger, mit den jährlich sinkenden Fangquoten sinkt auch die Zahl der Berufsfischer. Jedes Jahr melden sie neue Minusrekorde. Immer mehr Stichlinge und Quagga-Muscheln finden sich in dem ständig wärmer werdenden Seewasser und immer weniger Felchen. Da hängt so mancher Berufsfischer genervt seine Netze an den Nagel.

Deshalb hat der Wirt Hubert Neidhart zusammen mit Gerdi Ellegast alle noch registrierten Berufsbodenseefischer eingeladen. »Es geht um unseren Beruf, unsere Zukunft und auch um iseren See!«, appelliert Gerdi. Fast alle Berufsfischer, auch aus Bayern, Vorarlberg und der Schweiz, sind gekommen. Sie wollen von den Höri-Bauern lernen, wie man ein Lebensmittel mit einem amtlichen Patent schützen kann, wie dies die Höri-Bauern mit ihrer Bülle geschafft haben.

Die Höri-Bülle ist eigentlich nur eine kleine Speisezwiebel, die seit der Urbanisierung durch die Reichenauer Mönche auf der Bodenseehalbinsel Höri angebaut wird. Auf der Reichenau selbst hatten die Mönche keinen Platz für Zwiebeln, da pflanzten sie lieber ihre Reben für Wein.

Heute wäre die alte Zwiebelsorte längst vom Markt verschwunden, hätten nicht ein paar Hörianer sich für die besondere, kleine rote Zwiebel eingesetzt. Dank einigen Gärtnern und Wirten wie Hubert Neidhart heißt die Zwiebel jetzt Höri-Bülle und ist mit ihrer geografischen Herkunftsbezeichnung und -angabe bei der EU registriert und dadurch amtlich geschützt.

»Genauso müssen wir es auch mit unserem Felchen machen«, fordert Gerdi Ellegast, »ein Bodenseefelchen ist ein Blaufelchen, das kreuz und quer, wild und grenzenlos durch den Bodensee schwimmt!«

Hubert Neidhart erklärt, wie man aus dem Bodenseefelchen eine Marke als Wildfisch macht. »Wir müssen schneller als der Ellegast sein«, sagt er, »wenn er die Marke Bodenseefelchen anmeldet, kommen wir mit dem Wildfelchen zu spät.« Dann lacht er und schaut süffisant zu Gerdi: »Du weißt ja, wie schnell der ist, wie schnell hatte er dich an seiner Angel gehabt.«

»So leicht hab' ich es ihm auch nicht gemacht«, schmunzelt sie. Sein Werben war tatsächlich lange Zeit ein Thema am See. Die Bodenseehymne der »Fischerin vom Bodensee« erinnert noch heute an Ellegasts Bemühungen, die hübsche Gasselerin zu erobern. Ein Liedtexter hatte ihn gar mit einem Hecht verglichen, der gerne von der Maid gefangen genommen worden wäre, bis aber umgekehrt er sie in seinem Netz gefangen hatte.

»Aber nichts ist von Dauer,« zwinkert Gerdi keck Hubert zu, während sie unterm Tisch einen Tritt von einer blonden jungen Frau bekommt, die aussieht, wie aus ihrem Gesicht geschnitten. »Mama«, zischt diese streng, »bitte!«

»Ja, du hast ja recht, das gehört nicht hierher, aber dass jetzt der Streit durch unsere eigene Familie geht«, schaut Gerdi Ellegast bekümmert zu ihrer Tochter Lena, »und dass dein Papa es so weit kommen ließ, das trifft mich eben besonders.«

»Wir schauen jetzt, dass wir einfach möglichst schnell für das Bodensee-Wildfelchen einen Markenschutz bekommen, dann sehen wir weiter«, antwortet Lena trocken und schaut dabei ihrer Mutter prüfend in die Augen. Die beiden können ihr inniges Mutter-Tochter-Verhältnis nicht verbergen.

Lena könnte heute als die Fischerin vom Bodensee in dem damals über ihre Mutter gedrehten Fernsehfilm als Double ihre Rolle übernehmen, niemand würde einen Unterschied sehen. Sicherlich müsste sie über ihren kurzen, schelmischen Haarschnitt eine Perücke mit Zöpfen ziehen. Die blonden Haare und dunklen Augenbrauen hat sie ohne Zweifel von ihrer Mutter geerbt, die sportliche Figur vielleicht von ihrem Papa. Die weichen Züge und freundlichen Augen aber waren nun einmal typisch Mama.

»Meinst du, dann ist der Brand vergessen?«, flüstert diese ihrer Tochter leise ins Ohr.

»Was meinst du?«, stellt die sich unwissend.

»Danke, dass du dichtgehalten hast!«, lächelt Gerdi wissend. »Seit deiner Grundschulzeit verschnörkelst du das große D wie sonst niemand.«

»Ich verstehe nicht.«

»Max kennt dich nicht, und du ihn auch nicht. Aber woher wusstest du, dass er neben Opas Haus wohnt?«, insistiert sie weiter. »Ich kenne deine Schrift, also: Woher wusstest du, wo du sein Auto findest, an dem du deinen Zettel hinterlassen hast?«

»Ich habe ihn aus deinem Küchenfenster gesehen, als ich dich das letzte Mal besucht habe, und ein Freund kennt ihn von seinen Auftritten als Musiker.« Ohne Luft zu holen, fügt sie schnell hinzu. »Aber wir waren es nicht!«

»Wer ist *wir*, und was habt ihr dort gesucht, und wer ist dein Freund?«

Lena kann vor ihrer Mutter sowieso kein Geheimnis lange für sich behalten, also packt sie aus: »Wir wollten ein Graffiti auf die Hauswand sprühen, in diesem Moment sehe ich, wie ein kleines Feuer in einer der Fritteusen in der Küche brennt. So sagt es auch die Feuerwehr, es war keine Brandstiftung! Das Öl soll sich an einer nicht ausgeschalteten Heizung entzündet haben, und du weißt, wie groß Papas Fritteusen sind. In der Zeitung stand etwas von über 600 Litern.«

»Ich hoffe, du hast damit wirklich nichts zu tun«, atmet Gerdi Ellegast erleichtert aus, »aber was, bitte, sollte das für ein Graffiti sein, und wer ist verdammt nochmal *wir*?«

»Njoschi ist ein Künstler, er hätte uns ein Felchen hinter Gitterstäben auf die Hauswand am Eingang gesprüht. Aber als ich das Feuer sah, war mir sofort klar, dass wir verschwinden mussten, dabei kam uns dieser Max in die Quere. Was wollte denn der Sekel da?«

»Morcheln pflücken«, lacht Gerdi Ellegast und schiebt dann ernsthaft nach, »er wollte wohl in den Müllcontainern die Absenderadressen der Felchenlieferanten finden.«

»Uns kam er in die Quere, beinahe hätte uns die Polizei erwischt, das hätte Papa nicht lustig gefunden.«

»Du solltest solche Aktionen sowieso unterlassen, Lena«, warnt die Mutter, »kümmere dich um dein Studium. Du kannst uns mehr helfen, wenn du deinen Professor dazu bringst, öffentlich seine Befürchtungen zu wiederholen, dass die Krankheiten der Felchen aus dem Gehege sich auch auf die Wildfische im See übertragen können.«

Lenas Professor Dierke, er leitet die biologische Fakultät der Uni Konstanz, wo Lena im sechsten Semester studiert, hatte in einem kleineren Kreis der Bodenseefischer seine Befürchtung geäußert, dass Zuchtfische aus dem Gehege ihre Krankheiten an die Wildfische übertragen könnten.

»Mama!«, wird Lena etwas lauter, »der Dierke lässt sich gar nichts sagen. Da müssen wir schon selbst aktiv werden, das sagen auch Tante Hanni und Tante Nanni.«

»Oh nein«, stöhnt Gerdi und verdreht die Augen, »was haben die beiden Schreckschrauben mit unseren Felchen zu schaffen, ich denke die sind Vegetarier?«

»Eben«, schmunzelt Lena, »die sind gegen das Gehege von Papa, aber eben auch gegen deine Netze. Weißt du nicht, die beiden leiten die Regionalgruppe ›Peta‹ am See«, klärt Lena ihre Mutter auf.

»Die beiden leiten gar nichts, die beiden leiden eher an Unterbeschäftigung«, antwortet Gerdi, die von den Zwillingsschwestern und ihrem Treiben meist genervt ist.

Als sie Martin geheiratet hat, traten Hanni und Nanni lautstark und schnatternd in ihr Leben und haben sich seither, in ihren Augen, zu meckernden alten Jungfern entwickelt. »Von Beruf Erbin! Ich kann einfach mit Menschen nichts anfangen, die nicht fähig sind, ihr eigenes Geld zu verdienen, aber meinen, überall wichtig zu sein und ihren Senf beisteuern zu müssen.«

»Warte ab«, antwortet Lena kämpferisch, »die werden uns vielleicht noch nützlich sein im Kampf gegen Papas Pläne.«

4.

Herrschaftlich steht das Schlösschen des ehemaligen Bankiers Aggermann am Bodenseeufer bei Fußach. Es hat den Charme der verblassten noblen Adelszeit. Die Biberschwanzziegel auf dem Dach und den Türmchen sind vermoost, der Putz verwittert, Efeu rankt sich bis in die obersten Stockwerke.

Am alten hölzernen Steg schaukelt ein Riva-Motorboot im Rhythmus der Wellen des Sees. Die Chromteile und der Lack des polierten Mahagoniholzes funkeln in der Morgensonne, als wäre der betagte Oldtimer erst gestern neu aus der edlen Manufaktur Cantiere San Marco geliefert worden.

Ein Hahn begrüßt lauthals krähend den sonnigen Morgen, und schon kommen mehrere Hühner über den einstigen Zierrasen des Schlösschens gelaufen und scharren in dem verbliebenen Grün.

Wo der alte Bankier Aggermann noch seine Rosen gezüchtet hatte, haben seine Zwillingstöchter, Hanni und Nanni, Vogelvolieren und einen Hühnerstall mit Fenster, inklusive Seeblick für die Hühner, vor der historischen Fassade errichtet.

In der Garage, wo früher der alte Rolls Royce des Bankdirektors stand, stehen heute zwei alte Lamas. Im angebauten Chauffeurhaus dreht sich Andrei auf seiner schmalen Pritsche noch einmal um seine eigene Achse.

Er ist jeden Morgen der Erste, der auf dem herrschaftlichen Anwesen den Tag begrüßt. Die gurgelnden Geräusche der Lamas rufen ihn zur Fütterung der Tiere. Dann spitzen sie die Ohren und lassen ihre Schwänze baumeln, und Andrei weiß, dass es ihnen gut geht. An Tagen wie heute lässt er sie aus ihrem Stall und legt ihnen Gräser und Heu vor die Nasen. Sie haben, wie auch er, in dem Anwesen der Aggermann-Töchter Asyl gefunden.

Von Hanni und Nanni ist um diese Zeit noch längst nichts zu sehen. Sie schlafen jeden Morgen lange. Für Andrei sind sie die Engel des Schlosses. Vor drei Jahren zog er an einem verschneiten Dezembertag mit einem kleinen Zirkus durch Fußach. Die Kasse war leer, sie brauchten Futter für ihre Tiere. Andrei kam mit seinen zwei betagten Lamas bei dem herrschaftlichen Haus vorbei. Zuerst ging er einfach weiter, doch dann traute er sich doch: Beherzt zog er an der alten Klingel vor dem großen eisernen Schlosstor, sagte sein Sprüchlein auf, und zu seiner Überraschung luden die beiden Frauen ihn mitsamt seinen beiden Lamas in den Schlosshof ein. Seither ist er hier, sie haben ihn als Tierpfleger engagiert. Auch für die beiden Lamas war Platz, als der Zirkus mit den anderen Tieren weiterzog.

Unter Tierfreunden gelten die Zwillingstöchter als die doppelte Brigitte Bardot vom Bodensee. Sie hatten sich schon als Backfische geschworen, dass nie ein Mann zwischen ihnen stehen solle, so sind sie ungeküsste Jungfrauen geblieben, mit einem großen Herz für Tiere.

Den Ziergarten ihres Papas verwandelten sie nach seinem Tod zu einem Tiergarten. Da kam ihnen Andrei gerade recht, denn Tiere zu halten, macht viel Arbeit. Und wie auf einem Gnadenhof wurden es immer mehr herrenlose Hunde und Katzen, gealterte Pferde, Hühner, Schafe und jetzt auch eben auch noch die beiden Lamas.

Andrei ist den beiden Schlossbesitzerinnen ewig dankbar. Er hatte, als verschriener Zigeuner, in Rumänien keine schöne Jugend, seine einzigen Freunde waren schon immer die Tiere. So kam er zu dem kleinen Zoo, der seit Jahren mehr recht als schlecht durch Kleinstädte tingelte. Andrei hatte einen Trick gefunden, wie er die Lamas zum Spucken brachte. Ihre Treffsicherheit war die Attraktion, und zusätzliches Geld bekam er, wenn er Kinder an Nachmittagen die Lamas führen ließ. Doch ein schönes Leben war es in dem alten Zirkuswagen nicht. Das Chauffeurhaus bietet ihm zum ersten Mal in seinem Leben ein gemauertes und sicheres Zuhause.

Nach der Fütterung der Lamas bringt er den Hühnern ihre Körner, stellt dem Wachhund Oskar neues Wasser hin und lässt die beiden Schafe, Lina und Lisa, aus dem Stall, dann muss er noch die beiden betagten Pferde auf die Koppel führen, bevor er sich selbst einen Kaffee aufstellt.

Ganz geheuer sind Andrei die beiden Hausbesitzerinnen nicht. Er kann sie kaum auseinanderhalten, so ähnlich sehen sie sich, und zu allem hin tragen sie täglich die fast immer gleich aussehenden weiten Röcke, Blusen und wallenden Gewänder. Ihre schneeweißen Haare tragen sie meist offen oder lose zu einem wilden Zopf gebunden. Was ihm gefällt, ist, dass die beiden rauchen wie ein Schlot wie er auch.

Was er aber gar nicht versteht, ist, dass sie kein Fleisch essen, keine Wurst oder Käse und nicht einmal die Eier der Hühner. »Hühner sind nicht da, um jeden Tag Eier zu legen«, sagen sie, »das macht ihnen Stress.« Und dann reden sie noch wirre Dinge wie: »Eierklau« und: »Wir stehlen den Hennen ihre Jungen, bevor diese überhaupt geboren wurden.«

Trotzdem, wenn Andrei sich unbeobachtet weiß, nimmt er gerne eines der frisch gelegten Eier und schlürft es noch warm aus der Schale. Das hat schon seine Oma so gemacht, und so erinnert ihn der Geschmack an seine Kindheit. Ebenso heimlich isst er natürlich nach wie vor seine scharfe Lammsalami, Mititei, die gegrillten Hackfleischröllchen vom Lamm, oder Pastramă, geräuchertes Rindfleisch in Paprikamantel. Wann immer er in der Stadt ist, um Einkäufe zu erledigen. kehrt er in einem türkischen Imbiss ein und stopft sich mit Döner und Schafskäse voll.

Wenn Nanni und Hanni Besuch haben, spielt er oft den Kellner. Dann serviert er, was die beiden Frauen zubereitet haben, Hummus und Falafel. Anfangs hat ihn gewundert, dass keiner der Gäste nach anderen Speisen verlangte. »Wir sind Veganer«, wurde er aufgeklärt, »wir lehnen die Ausbeutung der Tiere ab!« Und dann diskutierten sie über ein Fischgefängnis im Bodensee, das gesprengt gehört.

Die Fische sollen sich frei in dem großen See bewegen dürfen und nicht als Zuchthausfische eingesperrt sein. Das leuchtet auch Andrei, dem Freund eines scharfen Fischrogensalates mit Pflaumenschnaps, ein. Im Gefängnis saß er selbst einmal, es war die schlimmste Zeit in seinem Leben. Seine beiden Lamas durften jeden Tag spazieren gehen, das sollte auch allen Fischen möglich sein. »Este clar«, stimmte er der Versammlung zu und genoss es, von den auffallend vielen jungen und schönen Frauen wie ihresgleichen behandelt zu werden.

Peter Ochsner verkauft an schönen Tagen schnell 100 Felchen. Das Felchen ist der Brotfisch am See, und seit die Fischer über den geringen Fang klagen, nimmt die Nachfrage der Gäste dummerweise proportional zu. Martin Ellegast hatte ihm heute Morgen die erste Lieferung seiner Bodenseefelchen aus dem Testgehege geliefert. Der Preis liegt ein Drittel unter dem der Wildfelchen. Da überlegt ein Mann wie Ochsner nicht lange und nimmt, was er bekommt. Doch jetzt schaut er sich die erste Lieferung genauer an und sieht dabei weniger glücklich aus.

Von den 100 Felchen wurden 80 filetiert geliefert. Von ihnen sieht Ochsner nur die weißen Filets, schön sauber zerlegt und geputzt. Doch 20 der Felchen hat er ganz bestellt, sie liegen am Stück, ausgenommen, aber mit Kopf, Schwanz, Haut und Flossen vor dem Großgastronomen auf dem Tisch, doch sie gefallen ihm gar nicht. Bei einigen zeigen sich auf der Hautoberfläche bei genauem Hinsehen kleine Knötchen oder Beulen, vor allem an den Flossen. Ochsner dreht eines der verletzten Felchen um und sieht ein aufgebrochenes, blutunterlaufenes Geschwür. »Was soll der Dreck«, brüllt Ochsner, »die haben die Beulenkrankheit!« Wutentbrannt rennt er zum Telefon.

»Ein Drittel billiger! Das wolltest du doch«, kontert Martin Ellegast gelassen, »und die Filets sind astrein. Was willst du überhaupt mit ganzen Felchen? Die will doch kein Gast mehr, da müssten sie die Gräten selbst freipulen.«

»Du musst mir nicht sagen, was unsere Gäste wollen, schon mal was von *Felchen Müllerin Art* gehört?«

»Mensch, Peter, bleib auf dem Teppich«, beschwichtigt Ellegast, »und freue dich über die Lieferung der 80 Filets von echten Bodenseefelchen, wer kann dir das sonst bieten? Und dann noch zu dem Preis.«

»Die 20 mit Beulenpest bezahle ich dir nicht, die kann ich doch grad in den Cutter schmeißen.«

»Red' keinen Nonsens, die filetiertest du, wie wir auch die anderen filetiert haben, und dann verkaufst du sie als Filet.«

»Soll ich die dem Wirtschaftskontrolldienst geben, was die dazu sagen?«, droht Ochsner. »Glaubst du nicht, dass die Beulenpest auch die inneren Organe beschädigt?«

»Was weißt du von Beulenkrankheiten bei Fischen, auch die Wildfische haben immer wieder kleine Verletzungen. Die Felchen leben im Schwarm, da ist nicht jeder immer des anderen Freund«, wird Ellegast ungehalten. Doch mit ruhigerer Stimme appelliert er: »Sprich bitte nicht mehr von Beulenpest, das ist ein großer Unsinn. Ja, es mag ein paar verletzte Felchen im Gehege geben, aber erstens werden wir das Problem lösen, und zweitens, glaub mir, ein paar Pusteln habe alle Fische hin und wieder.«

Max hat seinen Chef in der Küche schreien gehört,

seither steht er am Pass und lauscht gespannt. Er wartet, bis Ochsner sich beruhigt hat und die Küche verlässt, erst jetzt traut er sich aus der Deckung und will die Tiere selbst in Augenschein nehmen. Gerdi hatte schon immer vor den engen Gehegen gewarnt.

20 Kilo Felchen auf einen Kubikmeter sei kein Problem, behauptet Ellegast. Doch wenn die einzelnen Felchen der 20-Kilo-Menge beginnen, größer zu werden, ändert sich das Verhältnis. Das ist für den versierten Fischhändler keine Neuigkeit, doch er muss das Ergebnis jetzt verkaufen. Tatsächlich haben einige der Felchen kleine Beulen und Verletzungen, er hat selbst gesehen, wie bei einem Felchen mitten auf der Stirn aus der Beule etwas Eiter austrat.

»Was macht der Chef nur für ein Theater«, sagt trotzdem einer der Köche im renommierten Seerestaurant ungerührt, »wenn ich das Felchen brate, sieht die kleine Verletzung niemand mehr.« Dann lacht er und schiebt belustigt nach: »Und wer isst schon den Kopf?«

Alois verzieht angewidert das Gesicht. »Willst du etwa solche Felchen essen?«

Der Koch lacht noch breiter: »Deshalb putzen wir zuvor, was wir kochen, damit du es schön drapiert servieren kannst. – Wichtig ist nur, dass es schmeckt!«

Jetzt heißt es für Max, schnell zu handeln. Er will unbedingt so ein Zuchtfelchen, das Ellegast am Morgen frisch in das Seerestaurant geliefert hatte, untersuchen lassen. Was heißt das: Beulenkrankheit?, will er wissen. Hat Ochsner in seinem Ärger nur so dahergeredet, oder gibt es diese Krankheit tatsächlich, und wenn ja, was heißt das dann? Er muss dringend Gerdi solch ein Felchen bringen, die muss es sich ansehen. Aber er hat gerade erst mit seinem Dienst begonnen, der Mittagsservice steht bevor, er kann jetzt unmöglich weg, und wer weiß, ob die 20 Felchen nach seinem Dienst nicht schon verarbeitet sind?

Max ruft seinen Kumpel Hanspeter an, er zählt zu den anonymen Millionären der Stadt und hat meist Zeit. Er hat nicht nur ein Häuschen geerbt, sondern auch noch einen großen Garten dazu mit Seeblick. »Panoramablick!«, grinst Karpfen, mit seinen fleischigen Lippen, wenn er Max über sein Erbe reden hört, und pocht dann darauf, dass er sein Geld als anständiger Freiberufler verdient. Er gibt vor, Immobilienmakler zu sein, doch makeln heißt in seinem Fall, einfach mit einem Anruf einen Hausbesitzer mit einem Kapitalbesitzer zusammenzuführen. Das schafft der Kerl meist leicht nebenbei. Er ist der Spross einer alteingesessenen Überlinger Familie. Mit der Hälfte der Menschen in dem Städtchen sind sie verwandt oder verschwägert. Hanspeter kennt Hinz und Kunz und jeder kennt ihn, und selbst seinen Übernamen »Karpfen«. Jede Oma, die ihre Immobilie verkaufen will, ruft Karpfen mit seinen großen vertrauenserweckenden Glupschaugen an, und er sucht in seiner langen Liste der Möchtegern-Geldanleger einen passenden Käufer – und schon hat er seine Provision in der Tasche.

»Lieber Hanspeter«, bittet Max ihn am Telefon, »kannst du mich sofort im Seerestaurant besuchen, bring einen leeren Posaunenkoffer mit und setz dich an den Tisch am Ausgang zur Küche. Du darfst bestellen, was du willst, musst nichts bezahlen, danach bringst du den Posaunenkoffer zu Gerdi.«

»Was soll das, bin ich dein persönlicher Paketausfahrer?«

»Ja, du wirst Gerdi ein kleines Geschenk bringen, über das sie sich sicherlich freuen wird«, kurz nachgedacht fügt er hinzu, »oder auch nicht.«

»Was soll das heißen?«, will Hanspeter wissen.

»Du bringst ihr ein Felchen, mehr nicht«, lässt er seinen Musikerkollegen im Unklaren, »aber keine Sorge, es ist ganz frisch, stinkt nicht, und ich wickle es dir ein.«

Gerdi hatte schon immer davor gewarnt, die Felchen in einem Gehege zu halten. »Das ist wie mit allen Tieren in engen Ställen«, ist ihre Begründung, »die Frage ist, wie weit die Schwärme in den Gehegen schwimmen können, beziehungsweise wie eng sie gehalten werden.« Der Einsatz von hohen Mengen Antibiotika in Putenställen gilt ihr als Warnung. »Fischzucht in Gehegen ohne medizinische Substanzen geht nicht!«, behauptet sie. Schon die ersten Felchen aus dem Testgehege könnten ihr recht geben. Sie muss sie nur untersuchen lassen.

»Max, steck das Handy weg und deck die Terrasse ein«, ruft ihm Ochsner zu, »und schreib auf die Tafel ›Frische Bodenseefelchen eingetroffen‹ und unterstreiche bitte das Wort Bodensee dick!«

»Jetzt lügst du schon wieder«, hört Max Hanspeter sagen, wie er die Tafel auf der Promenade installiert.

»Nein!«, antwortet Max und erschrickt selbst über seinen stolzen Tonfall, »wir haben heute Morgen tatsächlich echte Bodenseefelchen geliefert bekommen! Ich werde dir gleich eines servieren, wenn du willst.«

»Wenn du mich einlädst, na klar.«

»Und dazu ein Müller-Thurgau vom Weingut Kress?«

»Sowieso«, freut sich Hanspeter und zeigt augenzwinkernd auf seinen Posaunenkoffer, »wir gehen dann hinein.«

Es ist noch mittags vor zwölf Uhr und wenig los. Max geht in die Küche und ruft zwei Felchen *Müllerin*, druckt aber den Bestellbon für nur ein Felchen aus.

Dann streicht er wie zufällig durch die Küche, sieht, wie der Koch mit zwei ganzen Felchen aus dem Kühlhaus zurückkommt. Routiniert nimmt der Koch, wie vor jedem Anrichten, den Bestellcoupon in die Hand, schaut darauf und blafft sofort Max an: »Da steht aber nur ein Felchen *Müllerin* drauf!«

Max spielt den Überraschten: »Klar, ein Felchen, es ist auch erst ein Gast da, habe ich zwei gesagt?«

»Hast du.«

»'tschuldigung«, gibt Max den Ertappten, greift zu einem der Felchen und sagt: »Gib her, ich bringe es zurück.« Dann erst sieht er, dass das andere Felchen offensichtlich unter der Flosse leicht verletzt ist. »Ich nehme das, vielleicht filetiert ihr das mit der Verletzung später«, sagt er und gibt das offensichtlich gesunde Felchen zurück, schnappt sich das Verletzte und geht mit ihm Richtung Kühlraum. Bevor er ihn erreicht, biegt er schnell ab, läuft in den Gastraum, reißt die Tageszeitung von der Garderobe, schlägt das verletzte Tier ein und reicht es Hanspeter. »Steck schnell weg.«

Hanspeter macht seinen Posaunenkoffer auf und legt den Fisch hinein. »Wenn nachher mein Koffer stinkt, kaufst du mir einen neuen.«

»Wasch dir die Hände nach dem Essen, dann stinkt nichts«, lacht Max und geht in die Küche, um das in der Zwischenzeit fertig gebratene Felchen für seinen Freund zu holen und ihm zu servieren.

Es gleicht einer Sisyphusarbeit. Martin Ellegast schaut seinen Arbeitern genervt zu. Was für ein Aufwand! Jedes junge Felchen wird durch eine Schleuse am Rande des Fischgeheges gelotst, aus dem Wasser genommen, mit einer Injektion in die Bauchhöhle geimpft und dann in das neue Gehege, für das er vom Ministerium in Stuttgart eine zusätzliche Ausnahmegenehmigung bekommen hat, geschmissen. Doktor Simon ließ ihm keine andere Wahl. »Wenn die Fische gesund bleiben sollen, müssen wir jedes einzelne Tier impfen.« Durch die mühevolle Einzelinjektion garantiert Doktor Simon einen Impfschutz von sechs Monaten. »Ansonsten stecken die sich alle an, und du kannst den ganzen Bestand abschreiben«, hatte er gedroht.

Furunkulose wird durch blutsaugende Parasiten oder durch die Fische selbst übertragen, wenn sie selbst auch nicht sichtbar klinisch erkrankt sind. »Und da hat dieser Konstanzer Biologieprofessor schon recht«, redet Doktor Simon Ellegast ins Gewissen, »die Übertragung lässt sich nicht aufhalten, sie funktioniert alleine über das Wasser, Laich, Vögel und unser Gehege, an denen die Fische entlangstreifen. Wenn die Fische Furunkulose haben, bekommen sie die Bakterien nicht mehr los. Ich habe ihnen schon ein Felchen auf dem Seziertisch gezeigt, das alle Merkmale an sich trug.«

Martin Ellegast hatte schnell die Kosten überschlagen. »Damit habe ich gerechnet«, gibt er sich gelassen, »das ist in Finnland, aber auch in jedem Forellenteich im Schwarzwald, nicht anders.« Ohne Bedenken ordnete er die antibiotische Behandlung an. Dafür benötigt er nicht einmal eine extra Genehmigung. Dafür hat er schließlich Doktor Simon engagiert.

Für Ellegast war von Anfang an klar, dass keine intensive Tierhaltung auf Medikamente verzichten kann, das ist bei Fischen nicht anders als bei Puten oder Schweinen, die zu dicht in einem Stall gehalten werden. In kürzester Zeit durchqueren Erreger die kompletten Anlagen, ohne Antibiotika hieße dies den Tod eines gesamten Bestandes.

Als nach amtlichen Untersuchungen bei über 95 Prozent aller Masthähnchen in Nordrhein-Westfalen Antibiotika in den Hühnerbrüstchen gefunden wurden, wurde verordnet, dass nur noch unter Aufsicht eines Tierarztes Antibiotika verabreicht werden darf. »Deshalb haben wir Doktor Simon eingestellt«, lacht Ellegast und klopft ihm anerkennend auf die Schulter.

»Im Übrigen«, beruhigt er seine Mitarbeiter, »werden die Fischfilets gebraten oder gekocht, dadurch werden alle Keime abgetötet.« Freilich weiß auch er, dass in Gourmetrestaurants heute kaum noch Fischfilets durchgebraten oder gekocht werden. Sushi und glasig geflämmt ist angesagt, mit Antibiotika darf dabei nicht nur bei seinen Zuchtfelchen gerechnet werden.

»Das wird doch alles nur von ein paar Veganern hochgespielt«, argumentiert Ellegast. »In Wirklichkeit geht es denen doch um etwas ganz anderes«, weiß er, »die wollen das Rad zurückdrehen und uns alle zu Körnerfressern machen.« Gleichzeitig beruhigt er seine Mitarbeiter: »In Zukunft werden wir die teure Einzelbehandlung sowieso einstellen, wir können nicht jedes Fischchen wie einen Privatpatienten im Helios Klinikum betüdeln. Wir müssen mit dem Futter das Antibiotika flächendeckend verabreichen, viel früher, mit geringer Dosis in den ersten Wochen, sodass bis zum Verkauf der Tiere die Antibiotika längst abgebaut ist.«

Zusätzlich verspricht Ellegast, in Zukunft gesündere Fische zu züchten, die gar keine Antibiotika mehr brauchen: »Wir werden schon im Vorfeld darauf achten, dass wir die Fische stressfreier halten.« Wie das in den Gehegen gehen soll, verrät er nicht. Doch Doktor Simon sekundiert: »Weniger Besatz in einem Gehege und eine strengere Bestandsauswahl wird eine resistentere Zucht ermöglichen!«

»Jede Generation wird sich widerstandsfähiger verhalten, wenn wir nur den Laich der stärksten Felchen weiterverwenden«, beruhigt Ellegast, »aber das braucht Zeit, und die habe ich gottverdammt nicht. Unsere Geldgeber wollen Erfolge sehen, und wir werden liefern!«

»Das Problem, Chef, ist, dass durch kleinste Verletzungen der Hautoberfläche Bakterien eindringen können, und diese verursachen bis tief in die Muskulatur Geschwüre, wir müssen die Tiere mit ausreichend Futter in kleineren Gehegen beruhigen.«

»Mich beruhigen Sie damit nicht, Doktor Simon! Nächste Woche kommt ein Spezialist aus den Staaten, ich denke, wir müssen den Felchen ein bisschen nachhelfen, resistenter zu werden.«

Nach dem Service, ziemlich spät am Abend, fährt Max nach Konstanz. Ein ehemaliger Schulfreund, der heute bei der Polizei Dienst schiebt, hat ihm über eine Abfrage in der polizeilichen Datenbank die Adresse des Autokennzeichens, das ihm in der Brandnacht bei Ellegast in das Heck gefahren ist, besorgt. Auf der Fahrt denkt Max an die blonde Unbekannte, die in dem Wagen saß und ihm vermutlich den kleinen Zettel mit der auffallend verschnörkelten Schrift unter seinen Scheibenwischer geschoben hatte. Es lässt ihm keine Ruhe, was die drei an Ellegasts Fischhallen bei Meersburg getrieben haben. Zwar haben sie den Brand nicht gelegt, von der selbst entzündeten Fritteuse hatte er in der Zeitung gelesen. Aber was hatten die drei dann da zu suchen?

Er fährt über die Konstanzer Rheinbrücke Richtung Altstadt und biegt in den Stadtteil Paradies ab. Entspannt hört er eine alte Aufnahme der Jazzgruppe »Zentralquartett«, bei der Günther Baby Sommer zu seinem Schlagzeug die Mundorgel und Glocken einsetzt. In Gedanken sieht er sich mit ihm auf einer Bühne. Da kommt plötzlich ein roter Golf auf ihn zu. Wie hypnotisiert stiert Max auf das Autokennzeichen: KN–AK 475. Verdammt. Mit euch will ich reden, fährt es Max durch den Kopf, schnell dreht er seinen alten Kastenwagen um und setzt dem Golf hinterher.

Gemütlich zuckelt der rote Golf fast den gleichen Weg über den Bodanrück wieder zurück, den Max gerade gekommen ist. Doch bei Dettingen biegt der Wagen ab Richtung Wallhausen.

Max hält Abstand. Lässt einen anderen Wagen überholen und hält ihn zwischen sich und dem Golf. Verdammt, der Wagen steuert in den Ort Wallhausen, mitten hinein. Das Ende der Straße ist eine Sackgasse, vielleicht die schönste am See, da sie direkt am Ufer entlangführt. Danach geht die Sackgasse in einen Fußweg über, der am Teufelstisch endet.

Max hält sicherheitshalber vor der Einfahrt in die Sackgasse an und stellt sein Auto auf einem Parkplatz ab. Weiter will er zu Fuß gehen. Er weiß, am Ende der Sackgasse, in einer ehemaligen Werft, ist heute Ellegasts Niederlassung zur Betreuung seines Versuchsfelds der neuen Gehege, die in den Überlinger See gesetzt wurden.

In der Zwischenzeit ist es dunkel geworden, die Straßenlampen haben sich eingeschaltet, Max sucht den Lichtschatten. Er will nicht entdeckt werden, dafür sieht er drei Personen am Ende der Straße aus dem Golf steigen. Die alten drei Bekannten, denkt er. Sie sind, wie beim ersten Treffen, wieder dunkel gekleidet und haben trotz sommerlichen Temperaturen Mützen auf, die kann er deutlich erkennen. Und täglich grüßt das Murmeltier, denkt Max und kommt sich vor wie bei einer Szenenwiederholung im Film. Was haben die drei nun vor? Flackert bald wieder eine Fischhalle?, fragt er sich.

Einer der dreien öffnet den Kofferraum des alten Golfs. Jeder greift hinein und nimmt sich einen Gegenstand heraus. Dann gehen sie gemeinsam los, tatsächlich in Richtung auf die Gebäude der Ellegast-Anlage. Über den Hallen, auf denen früher in blauer Schrift »Bodensee-Werft« prangte, leuchtet jetzt in Blau »Ellegast-Bodenseefelchen«. Eine hohe Mauer umgibt die Anlage.

Die Sackgasse endet vor der Mauer, direkt vor dem hohen metallenen Einfahrtstor, sodass man nicht in den Hof hineinsehen kann. Geöffnet ist die Mauer nur zur Seeseite hin, wo ein langer Steg vom See auf das Grundstück führt. Am Steg sind zwei Boote vertäut. Die kreisrunden Gehege kann Max draußen, auf dem See, nur vermuten. Er hatte im Lokalblatt Bilder davon gesehen, die zwei Gehege sahen wie zwei riesige, kreisrunde Swimmingpools mitten im See aus.

Er sieht, wie die drei Gestalten vor dem Tor stehen bleiben. Sie haben sich die Mützen vor das Gesicht gezogen und sehen aus wie Bankräuber. Wollen sie einbrechen? Aber warum nehmen sie so sichtbar den Haupteingang?

Max muss näher ran, aber er kann nicht einfach in die Sackgasse hineinlaufen. Links locken hell erleuchtete Schaufenster zum Kauf von Sommermode und Uniformen für Freizeitkapitäne. Auf der anderen Straßenseite brennen helle Lichtröhren vor dem Schiffsfahrkartenschalter, direkt dahinter schwappen die Wellen des Sees an die Kaimauer.

Hilfesuchend schaut er sich um. Den sichersten Weg bietet wohl der See selbst, er liegt im Dunkeln. Fast 20 Grad hat er schon, obwohl es erst Juni ist. Klimawandel sei Dank!, denkt Max und schleicht sich zu den vertäuten Personenschiffen von Ewald Gieß, der täglich zwischen Wallhausen und Überlingen hin und her schippert.

Die »Seeperle« liegt am nächsten. Mit einem Satz ist

er auf ihr, schnappt sich eine Leine und schlägt über die Reling einen Palstek. Seine Jeans und das Hemd zieht er aus, legt die Klamotten mit dem Handy ordentlich auf eine Passagierbank und lässt sich dann an dem Tau ins Wasser gleiten.

Mit ruhigen Zügen schwimmt er von der alten »Seeperle« zuerst hinaus Richtung See. Umschwimmt das halbe Hafengelände, um etwas weiter draußen unentdeckt wieder zurück Richtung Ellegasts Fischhallen zu schwimmen. Die Anstrengung hält ihn warm. Schon bald liegt das Firmengelände vor ihm. Im Flutlicht, vor dem Eingangstor, sieht er die drei Gestalten jetzt deutlich werkeln. Doch was sie da genau machen, erschließt sich ihm nicht. Er muss näher hinschwimmen und er muss sich weiterbewegen, auf Dauer ist das Wasser doch zu kalt. Unschlüssig hält er Richtung Ellegasts Anlegesteg. Neben den beiden Fischerbooten ahnt er eine Badeleiter. Nach wenigen weiteren Zügen erkennt er sie auch im Dunkeln deutlich und schwimmt zielstrebig darauf zu.

Langsam steigt er aus dem Wasser, unsicher bewegt er sich auf dem Steg auf das Firmengelände zu. Direkt daneben steht ein fensterloses kleines Gebäude. Es gleicht einer Fertiggarage, und tatsächlich hat es an der Seite statt einer einfachen Tür ein großes Garagentor. Vorsichtig greift Max zu dem Toröffner, dreht ihn um und staunt, dass er nicht abgeschlossen ist. Also öffnet er das Tor, und schon steht er vor großen Fässern und einem Regal mit vielen verschiedenen Eimern und Gefäßen.

Unsicher schaut er sich um, einen Lichtschalter findet

er nicht. Er geht nahe an das erste große Fass und kann so auch im Dunkeln lesen: *BiotikPur – für Fische bei Columnaris-Krankheit, Flossenfäule, Kiemenfäule sowie Infektionen.* Daneben steht ein ebenso großer Eimer mit der Aufschrift: *Cadesten – gegen Flossen- sowie bakterielle Erkrankungen.* Max kommt sich vor, als stünde er mitten in einer Apotheke für sämtliche Fischkrankheiten dieser Welt. Dumm nur, dass er sein Handy nicht dabeihat, er würde die verschiedenen Medikamente gerne fotografieren.

Im Dunkeln stößt er gegen ein großes Fass, das mitten in dem Raum steht. Auf dem Deckel liegen verschiedene Kanülen von Spritzen, als hätte hier eben ein Junkietreffen stattgefunden. Er geht in die Hocke und liest auf dem Fass: *Doxycyclin – Breitbandantibiotikum.* Antibiotikum! Dies bestritt Ellegast in jeder Diskussion. »Antibiotika nur im äußersten Notfall!« Also doch! Da hatte Gerdi wohl mit ihrem Putenstallvergleich recht!

Ängstlich um sich schauend, zieht er sich aus dem dunklen Raum zurück und schließt das Garagentor leise wieder. Er sieht und hört keinen Menschen auf dem Betriebsgelände. Schritt für Schritt geht er Richtung der großen Halle, in der früher die Boote der Werft den Winter über gelagert wurden. Kein Mensch scheint auf dem Gelände zu sein.

Mutiger geworden, drückt er die Klinke eines großen Tores, doch das Tor ist verschlossen. Jetzt will er erst recht in die Halle hineinschauen. Vorsichtig streift er um das Gemäuer bis zur nächsten Tür. Auch sie ist verschlossen. Aber daneben sieht er ein Fenster, das halb geöffnet scheint, allerdings ist es auf der Höhe des oberen Türrahmens. Er benötigt eine Leiter oder eine der Tonnen, von denen er zuvor so viele gesehen hatte.

Max schaut sich auf dem Betriebsgelände um. Seine Augen haben sich längst an die Dunkelheit gewöhnt, da erhellt sich die Szenerie im grellen Scheinwerferlicht. Max dreht seinen Kopf schnell gegen die Hallenwand. Er fürchtet weniger das grelle Flutlicht der Bewegungsmelder als mögliche Videokameras. Eine Wollmütze, wie die drei Gestalten draußen an dem Einfahrtstor, die er sich jetzt über das Gesicht ziehen könnte, hat er nicht. Deshalb steigt er schnell aus seiner Unterhose, die er angelassen hatte, und zieht sie sich über den Kopf. Schade, dass diese Dinger heutzutage keinen Eingriff mehr haben wie früher Papas Schiesser-Modell Feinripp, denkt er noch, denn irgendwie sollte er jetzt sehen, wohin er rennt. Er dreht die Unterhose auf seinem Kopf so, dass er zu einem Bein hinaussieht, hält den Sehschlitz eng und läuft, so schnell er kann, zu dem Steg und hechtet ins Wasser.

Er krault die ersten 100 Meter wohl in seiner Bestzeit, dann erst dreht er sich um und schwimmt ein paar Schläge in Rückenlage, sodass er auf das Werksgelände sehen kann. Es ist noch immer hell erleuchtet, aber ansonsten tut sich nichts. Es herrscht absolute Stille. Nur das Krächzen eines Blesshuhns ist zu hören – doch dann plötzlich, hinter ihm, ein ohrenbetäubender Donnerschlag! Unnatürlich laut und krachend. Max glaubt, die akustischen Wellen in seinem Kopf zu spüren, gleichzeitig hebt und senkt ihn das eben noch ruhige Bodenseewasser in aufschäumenden Wellen. Er weiß gar nicht, wie ihm geschieht, dreht seinen Körper in die Position des Brustschwimmers, um nach vorne zu sehen, versucht dann, seinen Körper, vor allem mit dem Kopf über Wasser, ruhig zu halten. Wohin soll er jetzt schwimmen? Als würde es plötzlich regnen, platschen ein paar Wassertropfen aus dem Himmel. Nach wenigen Sekunden ist der Spuk vorbei, und gleichzeitig hört Max das Aufheulen eines PS-starken Motorbootes, das im Dunkeln, ohne Positionslichter, Richtung Obersee davonschießt. Er erkennt das Motorengeräusch. Als Jungs haben sie oft blind nur nach den Motorengeräuschen der Boote gewettet, welches Motorboot gerade über den See rauschte. Der Sound der »Riva« mit ihrem original Interceptor 225ps V8, das war der Traum jedes jungen Seehasen. Genau diesen einzigartigen röhrenden Sound hört Max jetzt über den dunklen See hallen.

Das Motorboot ist noch lange zu vernehmen, ansonsten nimmt eine fast gespenstische Ruhe über dem dunklen Wasser wieder Raum ein. Doch auch von den Belchen ist nichts mehr zu hören. Max schwimmt zuerst zögerlich, dann aber zielgerichtet und schnell zur »Seeperle«, um sich an der von ihm heruntergelassenen Leine wieder auf das Passagierschiff hochzuziehen.

Mit seinem Hemd trocknet er sich ab und rubbelt sich warm, dann zieht er es nass über. Nebenbei versucht er, das Gelände Ellegasts im Auge zu behalten; von den drei Gestalten aus dem roten Golf ist nichts mehr zu sehen. Dafür hört er ein Martinshorn, bald auch ein zweites. Für Max wieder einmal das Zeichen für einen schnellen Rückzug.

Er huscht von dem Passagierschiff, läuft im Dunkeln durch die Hafenanlage zu seinem Auto. Schon stehen drei Polizeiwagen in der Sackgasse und versperren ihm den Weg. Auf dem See sieht er das Blaulicht der Wasserschutzpolizei. Sie preschen mit zwei Booten Richtung Wallhausen, wohl zu den Gehegen, bei denen gerade ohne Zweifel eine Wasserbombe hoch ging.

Max schaut sich kurz um, er hofft auf die ersten Schaulustigen, unter die er sich mischen könnte. Doch stattdessen kommen ein großer Lastwagen des Technischen Hilfswerks und immer mehr Uniformierte, während die Polizei die Straße abriegelt.

Max wird klar, über die Straße und damit zu seinem Auto kommt er so schnell nicht, vermutlich könnte er auch nicht wegfahren. Die Sackgasse steht voller Einsatzfahrzeuge. Er fröstelt. Wo kann er hin?

Vor den Liegeplätzen der Freizeitkapitäne sieht er das Toiletten- und Waschhaus des Jachtklubs. Wie es sich gehört, hängen an der Tür des Hafenmeisters die Anmeldeformulare für die Gäste, die über Nacht anlegen. Darauf findet Max auch den Code, um die Tür zu den Duschen zu öffnen. Ziemlich verfroren gibt er den Code ein, schlüpft in das Toiletten- und Waschhaus und duscht lange und heiß.

Glücklicherweise hatte jemand vor ihm sein Handtuch vergessen, mit dem Max sich abtrocken kann. Sein Hemd ist noch immer nass, er spannt es über zwei Kleiderhaken zum Trocknen auf und legt sich erst mal auf eine der langen Holzbänke im Umkleideraum.

Von außen schießen noch die Blaulichter der Einsatzwagen wie Blitze in das Waschhaus. So lange die noch blinken, muss Max bleiben.

Irgendwann schläft er ein.

5.

»Das war ja ein Krach heute Nacht«, hört Max von weit her eine Männerstimme. Schnell springt er auf, zieht sein Hemd über und wirft sich das Handtuch über die Schulter, als wäre er ein Gast, der eben seine Morgentoilette absolviert hat. »Ich glaube, das waren Tierschützer von ›Petra‹ oder wie die verrückten Veganer heißen, die haben wohl eines der Felchengehege gesprengt«, schnappt er noch die Antwort des zweiten Besuchers auf.

Draußen blendet Max zuerst die Sonne, dann blickt er Richtung Westen zu Ellegasts Fischhallen und hinaus auf den See. Jetzt, am Tag, kann er deutlich die Umrisse der beiden großen Gehege auf der Wasseroberfläche mitten im See erkennen. Die oberen Ringe der beiden Gehege scheinen jedenfalls nicht zerstört. Demnach scheint sich der Schaden durch den Anschlag in Grenzen zu halten. An dem einen der Gehege liegen zwei Boote der Wasserschutzpolizei. Leider kann er nicht sehen, was die Polizisten genau dort treiben.

Max geht an der Mole ganz nach vorne, soweit er kann, um um die Mauerenden auf Ellegasts Gelände zu schielen. Hier herrscht offensichtlich hektisches Treiben. Im Innenhof steht ein großer Lastwagen, von dem ein Motorboot über eine Slipanlage ins Wasser gelassen wird. Es scheint, als hätte Ellegast schon Monteure organisiert, die das Gehege wieder reparieren.

Max gibt seinen Beobachtungsposten auf und geht Richtung Straße zu seinem Auto. Beim Überqueren der Straße sieht er am Ende der Sackgasse das große Tor bunt bemalt. Er geht näher ran und erkennt ein Graffiti. Ein Lächeln huscht über sein Gesicht, das darf doch nicht wahr sein! Schnell zückt er sein Handy und schießt ein Bild von einem traurigen Felchen hinter eisernen Gitterstäben. Dann schickt er es Gerdi mit der Frage: »Hast du von Karpfen das Felchen bekommen?«

Da es noch früh am Morgen ist und Max erst am Mittag Dienst hat, nimmt er erneut einen Anlauf, um den Besitzer des roten Golf zu besuchen. Jetzt erst recht, denkt er, was oder wer treibt die drei zu ihrer künstlerischen Aktion? Stecken sie mit den Bombenlegern unter einer Decke? Im »Bodenseeradio« hört er die neusten Nachrichten zu der Explosion im Überlinger See. Martin Ellegast nimmt dazu Stellung und bezichtigt eine Terrorgruppe des Anschlags. Erneut redet er auch von einem Brandanschlag auf seine Fischverarbeitungsfabrik in Meersburg. Dagegen hält ein Polizeisprecher an dem Entzünden des alten Speiseöls durch eine nicht abgeschaltete Fritteuse fest und spricht auch bei der Sprengung an einem der Gehege nur von leichtem Schaden und geringer Sprengkraft einer amateurhaft zusammengebauten Rohrbombe.

Bevor die Nachrichten zu Ende sind, ist Max im Konstanzer Paradies angekommen und sieht den roten Golf in einer der Straßen im Parkverbot stehen. Da er keinen freien Parkplatz findet, stellt er sich einfach daneben. Sein Kumpel hat ihm als Fahrzeughalter den Namen Karlheinz Weber genannt und die Hausnummer. Doch auf dem Klingelbrett findet sich kein Weber, dafür unter den ordentlich schwarz gedruckten Namen wie Doll, Jabke und Alber einen buntbemalten Schriftzug: Njoschi. Nachdem Max nun weiß, dass er einen Graffitikünstler sucht, ist wohl auch klar, dass der Kerl Njoschi heißt, und klingelt einfach mal Sturm.

Es dauert lange, bis der Türöffner summt. Max drückt die Tür auf und steht in einem biederen bürgerlichen Treppenhaus. Da sich sonst nichts tut, geht er einfach die Stockwerke hoch. In der dritten Etage steht die Wohnungstür offen. Drinnen grölt unverkennbar David Clayton-Thomas mit seiner Gruppe Blood, Sweat & Tears »Spinning Wheel«. Max zuckt es kurz in seinen Fingern, hätte er zwei Stöcke zur Hand, würde er, wie einst Bobby Economou, jetzt mit einem Schlagzeugwirbel eintreten. So aber klopft er höflich, aber kräftig an die Wohnungstür und geht hinein.

Von bürgerlich ist in der Wohnung nichts mehr zu sehen. Die eine Flurwand ist grellgelb, die andere pechschwarz gestrichen. Auf beiden einfarbigen Flächen hat sich Njoschi offensichtlich als Sprayer mit bunten Bubbles geübt. Abstrakte Figuren strecken Max die Zunge raus. »Hey, ist hier jemand?«, ruft er gegen die rauchige Stimme David Clayton-Thomas an. Aber niemand rührt sich, also geht er weiter.

Am Ende des Flurs steht die Küchentür offen. Sonnenstrahlen erhellen den Raum. Kalte Zigarettenrauchschwaden stehen in der Luft. Auf dem Küchentisch quellen gleich drei Aschenbecher über, daneben stehen einige leere Bier- und Weinflaschen. Auf mehreren weißen Blättern wurden mit Bleistift Fischfiguren skizziert. Daneben liegt eine Broschüre der Internationalen Gewässerschutzkommission für den Bodensee, auf dem Cover das Bild eines unter Wasser schwimmenden Felchens. Der Untertitel: »Schutz und Zukunft einer einzigarten und geheimnisvollen Fischart.« In flagranti ertappt, schmunzelt Max. Aber wo steckt dieser Graffitimeister?

Max geht einfach weiter. Inzwischen ist David Clayton-Thomas bei »Hi-De-Ho« angelangt, einem weiteren Erfolgssong der Erstgruppierung von Blood, Sweat & Tears. Der Kerl hier scheint tatsächlich die Erstaufnahmen von 1968 aufgelegt zu haben, registriert Max und gibt Njoschi, ohne ihn zu kennen, fünf Pluspunkte. Aber wo steckt der Kerl nur?

Max geht zurück in den Flur und stößt einfach die nächstbeste Tür auf. Hier dreht sich tatsächlich die alte Vinylscheibe auf einem Plattenspieler, der mitten in dem großen Raum auf dem Boden steht. Dahinter liegt eine Matratze, auf dem ein Mensch unter einer Decke kuschelt. »Hey, Karlheinz, Besuch!«, ruft Max. Unter der Decke kommt eine Hand hervor, die ihm zuwinkt.

Max geht zu dem Plattenspieler und hebt vorsichtig den Arm hoch. Solch eine historisch wertvolle Platte will er auf keinen Fall verkratzen.

»Kompanie aufstehen!«, brüllt Max in soldatischem Befehlston, die militärischen Kommandos kennt er noch von seinem Papa. Njoschi dagegen rührt sich nicht einmal.

Max geht zu ihm, zieht ihm mit einem Ruck die Decke von seinem Kopf und legt los: »Cleveres Spiel heute Nacht«, insistiert er mit einer Stimme, als wäre es ein Verhör, »du sprühst ein Bildchen an das Werkstor, während deine Kollegen draußen ein Gehege in die Luft jagen.«

»Was willst du?«, fragt Njoschi mit müder Stimme, »wenn ich der Polizei erzähle, dass du gestern Nacht in Wallhausen um Ellegasts Fischhallen rumgeschlichen bist, hast du, nach deinem Gastspiel bei der Meersburger Fischfabrik, als diese brannten, erst mal einige Fragen der Bullen zu beantworten.«

»Woher willst du …«, weiter kommt Max gar nicht, schon winkt Njoschi erneut ab und fällt ihm ins Wort: »Meinst du, wir haben deine Karre nicht sofort erkannt und bemerkt, dass du hinter uns hergefahren bist?«

»Und trotzdem habt ihr …«

»Du kannst mich ja wegen Sachbeschädigung anzeigen«, unterbricht Njoschi ihn schon wieder und richtet sich auf seiner Matratze auf.

»Nee, wegen Beihilfe zu einem Bombenanschlag, nicht nur auf das Gehege, sondern auch auf mich«, kontert Max jetzt mit lauter und ärgerlicher Stimme.

»Ein Bombenanschlag auf dich? Was soll das jetzt?«

»Ich bin leider gerade in der Nähe geschwommen, als eure Rohrbombe hoch ging, das war nicht lustig.«

»Du bist nachts da rausgeschwommen?«, staunt Njoschi. »Was wolltest du denn da und von was für einer Bombe faselst du?«

»Ich bin hier, um dir einige Fragen zu stellen, nicht du mir!«, will Max klarstellen, doch Njoschi fällt ihm schon wieder ins Wort und lacht: »Du kannst mal in der Küche einen Kaffee aufstellen, dann komme ich nach.«

Max sieht ein, dass er so nicht weiterkommt, und trollt sich in die Küche. Im Spülbecken steht ein großer, alter Porzellan Melittafilter, den er erst noch leeren muss, im Regal darüber sieht er eine Kaffeedose und auf dem Kühlschrank einen elektrischen Wasserkocher. Also macht er sich ans Werk und überlegt, wie er dem Kerl beikommen könnte.

»Erzähl zuerst, was du Neues weißt, was ist das mit der Bombe, ich verstehe kein Wort?«, fragt Njoschi verschlafen in die Küche.

»Ich weiß nur, was ich erlebt habe und was die Polizei in den Nachrichten erzählt, aber was ihr gestern in Wallhausen genau gemacht habt, weiß ich nicht, so wenig wie mir nicht klar ist, was ihr bei Ellegasts Fischfabrik in Meersburg angestellt habt.«

Njoschi lässt sich nicht aus der Ruhe bringen. Er hat sich nur einen alten blaugestreiften Frotteebademantel übergezogen und schenkt sich eine Tasse Kaffee ein, in den er eine Unmenge Zucker löffelt und ihn dann mit viel Sahne aus dem Kühlschrank lautstark schlürft. »Von mir kannst du leider nicht mehr erfahren, als du wohl schon weißt«, beginnt er langsam zu sprechen, »Manno! Wir wollten einfach schon in Meersburg das Graffiti an die Wand der Verkaufszentrale sprühen, wie wir es jetzt in Wallhausen gemacht haben, das war's! Mehr is nich! Von 'ner Bombe hab ich gar nichts mitbekommen, was soll da passiert sein?«

»Wer ist *wir*?«, lässt sich Max nicht von seinem Fragenkatalog abbringen und denkt an die blonde Strähne, die er nur kurz auf dem Rücksitz gesehen hatte, »du?, wer noch? und Blondie?«

»Ich habe damit eigentlich gar nichts zu tun«, schmunzelt Njoschi, »mein Kumpel auch nicht und Blondie? Mein Gott, wenn du was zum Vögeln suchst, musst du zu den Uniböllen. Da findest du jedes Semester neue Miezen.«

»Und Blondlocke ist eine davon?«, gibt Max sein Interesse deutlich zu erkennen.

»Du machst dir doch den ganzen Stress nicht wegen der?«, ist Njoschi erstaunt, »die steht mehr auf Fische als auf Männer.« Gelangweilt winkt er ab. »Ich habe für die extra den Unterschied zwischen dem verdammten Felchen und anderen Fischen recherchiert, dass ich ihr so einen scheiß Fisch sprühen konnte. Aber als wir mit der Aktion fertig waren, sind wir abgehauen, und sie war auch schon wieder verschwunden.«

»Hast du ihre Adresse oder ihre Telefonnummer?«

»Vergiss es, an die kommst du eh nicht ran.« Cool streift er durch seine ungepflegte Künstlermähne und seinen zerzausten Vollbart. »Die habe ich nicht flachgelegt«, gibt Njoschi sich geschlagen und fügt höhnisch hinzu: »Wie willst du das schaffen?« Trotzdem lässt er sich noch herab, ihm eine Adresse zu nennen: »Klingle mal in der Sankt-Johann-Gasse 5 bei Lena und Lisa.«

»Ich denke eher, die Menschen sind krank als irgendein Fisch bei uns«, schnaubt Martin Ellegast vor den Journalisten, die am Morgen nach dem Anschlag auf seine Felchengehege in Wallhausen vor seiner neuen Fischzuchtanlage stehen. »Wie bescheuert muss man denn sein, um mit Kanonen auf Felchen zu schießen«, schimpft er. Durch die Detonation der Rohrbombe wurde zwar ein großes Loch unter Wasser in das Gehege gerissen, durch das tatsächlich mehrere 1.000 Zuchtfelchen in die Freiheit entkommen sind, was sicherlich die Absicht des Anschlags gewesen sein mag. Doch fast ebenso viele Felchen wurden schwer verletzt, und Hunderte schwimmen noch immer mit aufgeblähten Bäuchen tot auf der Seewasseroberfläche.«

»Die Mitglieder von ›Peta‹ haben sich mit dieser Aktion in die Reihe ganz normaler krimineller Terroristen gestellt«, echauffiert sich Ellegast weiter, »denen geht es nicht um das Leben von Tieren oder gar Menschen, sondern nur um ihre eigenen Schlagzeilen und Sensationen.«

»Sind Sie denn sicher, dass der Anschlag von einer ›Peta‹-Gruppierung verübt wurde?«, fragt die junge Lokaljournalistin, die Ellegast noch von der Stippvisite nach Finnland in Erinnerung hat. Er deutet auf ihre von ihm geschenkte Kamera, die um ihren Hals hängt, und lädt sie ein: »Jetzt dürfen Sie ein paar Bilder aufnehmen, die leider anders aussehen als unsere Idylle in Finnland.« Zu der Gruppe Journalisten gewandt, wiederholt er seine Einladung: »Wer von Ihnen möchte mitkommen, ich lade Sie zu einer kurzen Bootstour ein, damit Sie das ganze traurige Verbrechen an der Natur in seinem ganzen schrecklichen Umfang aufnehmen können.«

Im Gänsemarsch marschieren alle Journalisten hinter ihm her. Selbstbewusst führt er die Journalistenschar über seine Anlage, an der mit den verschiedenen Medikamenten vollgestopften, aber natürlich verschlossenen, Garage vorbei. »Sie sehen, wir haben keine Geheimnisse, wie immer wieder behauptet wird. Wir unterhalten hier eine Fischzucht, wie sie überall auf der Welt ganz selbstverständlich ist. Ohne Aquakultur wären die Meere längst leer gefischt, und davor wollen wir auch unseren Bodensee bewahren«, gibt er sich jovial.

Höflich weist er jedem der Journalisten einen Platz in einem seiner Fischerboote zu. Er selbst setzt sich im Heck an den großen Außenborder und wirft ihn mit einem Knopfdruck an. Untertourig lässt er die 60 PS leise schnurren, während er weiter die Chance nutzt, die Felchen als die wahren Opfer des Anschlags darzustellen. »Nach Auskunft der Polizei war die Rohrbombe relativ stümperhaft zusammengebaut, aber unter Wasser ist der Druck solch einer Explosion nicht zu unterschätzen, denken Sie nur an die toten Wale in der Ostsee, die dort nach der Sprengung von Unterwasserminen zu beklagen waren.«

Unruhig beginnen die Journalisten, ihre Kameras einzurichten. Ellegast nimmt das Gas weg. Unvermittelt ist das Boot umringt von knapp unter der Wasseroberfläche schwimmenden toten Felchen. Wie ein Teppich umgeben sie plötzlich das Boot. »Schrecklich«, entfährt es der jungen Journalistin neben Ellegast, »das sind ja unzählige.«

»Die jungen Felchen sind noch keine sechs Monate alt«, drückt Ellegast auf die Mitleidsdrüse, »bei den meisten sind die zarten Luftblasen noch gefüllt, deshalb schwimmen sie an der Wasseroberfläche.«

Öffentlichkeitswirksam greift er zu einem der Felchen, das gerade an dem Boot vorbei treibt, nimmt es in beide Hände und schaut ihm mitfühlend in die toten

Augen. Die Kameras klicken, Ellegast hält lange hin, bis er wie ein Trauerredner von dem Verlust von Hunderten von Felchen weitererzählt. »Dabei geht es in erster Linie nicht um unseren finanziellen Verlust, sondern um die vielen Felchen, die qualvoll sterben mussten.«

Das Bild, das sich den Journalisten bietet, geht tatsächlich unter die Haut. Ellegast hatte schon in dann finden sie nicht mehr als schickt, um mit Fischernetzen tote Fische vom See einzusammeln, aber noch immer haben sie zu tun.

»Wie viele solcher Felchen haben Sie denn in einem Gehege?«, fragt einer der Journalisten.

»Es geht dabei nicht um die Menge, sondern um das Gewicht«, doziert Ellegast, »unser Rahmen sind zehn Kilogramm Felchen auf einen Kubikmeter. Gehen Sie also von einem Felchen mit 500 Gramm aus, dann finden Sie nicht mehr als 20 Felchen pro Kubikmeter.« Aber sofort winkt er ärgerlich ab. »Doch darüber haben wir schon so oft geredet, darum sollte es heute Morgen nicht gehen, oder wollen Sie damit etwa solch eine schreckliche Tat rechtfertigen?«

»Ich möchte mir nur ein Bild über das Ausmaß des Anschlags machen«, gibt der Journalist kleinlaut zurück.

»Schauen Sie sich doch um, was muss ich denn noch sagen?«, raunzt Ellegast und zeigt auf drei Mann in einem Fischerboot neben ihnen, die gerade versuchen, ein mit toten Felchen gefülltes Netz in ihr Boot zu hieven.

»Was machen Sie mit den toten Felchen, Herr Ellegast?«, fragt die junge Lokaljournalistin, die tatsächlich sehr betroffen wirkt und ihre neue Kamera längst weggelegt hat.

»Vielleicht verarbeiten wir sie zu Fischmehl und dann zu Fischfutter«, antwortet Ellegast treuherzig. »Aber wie gesagt, schauen Sie – hier geht es wirklich nicht mehr Geld, sondern um sinnlosen Felchenmord.«

Gleich nach dem Anlegen am Steg des Fischzuchtgeländes leitet Ellegast die Journalisten vor das Firmentor. Er hatte, nachdem er das Graffiti des hinter einem Eisengitter eingesperrten Felchens gesehen hat, angeordnet, das Tor offen stehen zu lassen, sodass das Bild hinter der Mauer versteckt bleibt. Doch jetzt will er es publikumswirksam einsetzen. »Bleiben Sie bitte noch kurz stehen«, ruft er den Journalisten zu und gibt einem der Männer des Wachpersonals ein Zeichen, das Tor jetzt zu schließen.

Kaum fährt das Tor hinter der Mauer hervor und das Felchengraffiti erscheint, zücken die Journalisten erneut ihre Kameras und schießen ihre Bilder, als handelte es sich um eine Wette.

Ellegast nutzt seine Regieleistung und stellt sich vor das Tor. »Sehen Sie jetzt«, sagt er laut und bestimmt, »in der gleichen Nacht, in der die Täter eines unserer Gehege angegriffen haben, haben sie ihre Urheberschaft bezeugt und dieses Graffiti auf unser Tor gesprüht. Deshalb spreche ich von ›Peta‹-Terroristen.«

Max geht zu Fuß vom Konstanzer Stadtteil Paradies in die Niederburg. Als Überlinger Jugendlicher war für ihn die kleine Altstadt Niederburg fast schon verruchte Großstadt. Hier haben die Gasthäuser und Bars länger geöffnet, aber viel wichtiger für ihn war der Jazzklub. Während einer Session durfte er den Konstanzer Saxofonprofessor Bernd Konrad zu einer freien Improvisation begleiten. Da hatte er wenigstens für einen Abend das Gefühl, ein echter Star zu sein. Dieses Siegerlächeln von damals muss er auch jetzt wieder hervorholen, er will vor dieser Lena gut dastehen. Nur weil Njoschi bei ihr nicht landen konnte, aber der hat sicher auch noch keinen Abend lang Bernd Konrad begleitet.

Hinter dem Spanier »Costa del Sol«, biegt Max in die Sankt-Johann-Gasse ab. Auf dem Klingelbrett der Nummer fünf findet er nur einen Hinweis »L & L«. Hier muss Blondie wohnen. Der Türsummer lässt ihn in das Treppenhaus gelangen, in jedem Stockwerk schaut er auf die Namensschilder. Schließlich muss er ganz oben in dem Altstadthaus über einen dunklen Flur in das angebaute Nachbarhaus und noch ein Stockwerk höher steigen. Unvermittelt steht er vor einer Dachbodentreppe, die an einer Falltür endet. Auf seiner Höhe sieht er eine Klingel, daneben ist eine kleine Kamera angebracht. Schnell setzt er sein freundliches Gesicht auf und schaut angestrengt in das Objektiv, gleichzeitig hebt sich die Tür über seinem Kopf nach oben, und er kann die Treppe hochsteigen.

Oben, auf dem Dachboden, steht er in einem hellen Raum, große Fenster sind in das Dach eingelassen, die den Blick bis zum Münsterturm freigeben, und innen, genau unter dem Dachfirst, befindet sich ein langer Tisch. Daneben steht eine junge Frau mit langen, lockigen roten Haaren und Sommersprossen im Gesicht. Lange ist sie wohl noch nicht auf, sie hat ihren Körper in einen Bademantel gehüllt.

»Wen suchst du hier?«, fragt sie schroff.

»Wenn du mir was über die Aktion heute Nacht sagen kannst, dich«, antwortet Max. Er zeigt auf ein Plakat an der Wand, auf dem ein Beagle hinter einem Gitter in die Freiheit schielt. »Keine Hunde, sondern Felchen sind mein Thema«, ergänzt er noch.

»Ich verstehe nicht«, antwortet sie, für ihn gespielt gelangweilt.

»Ist Lena nicht hier?«, beginnt Max unbeeindruckt seinen Fragenkatalog abzuspielen.

»Siehst du sie?«, gibt die Frau weiter desinteressiert zurück.

»Und wer bist du?«

»Und wer du?«

»Entschuldige, ich bin Max und suche Lena.«

»Warum?«

»Ich denke, sie ist mir einige Erklärungen schuldig«, holt Max kurz aus, um das Gespräch in Gang zu bringen. »Fahrerflucht ist kein Spaß, und gestern kam Sachbeschädigung als weiterer Straftatbestand hinzu und vielleicht noch ein Bombenanschlag mit fahrlässiger Körperverletzung.«

»Ich kann dir da nicht weiterhelfen«, bleibt die junge Frau demonstrativ cool, »Lena ist nicht hier, und ich muss jetzt los.«

Max zeigt auf einen Stapel Bücher auf dem langen Holztisch, obenauf liegt ein Buch mit dem Titel »Die Lachsindustrie«. »Fischzucht und Tierversuche scheint euer Thema zu sein, darüber kann ich offensichtlich auch mit dir reden.«

»Lena und ich, wir beide studieren Biologie. Da gibt

es auch Fächer, in denen man sich mit Tieren beschäftigt«, antwortet die junge Frau schnippisch und bindet ihre langen Haare am Hinterkopf zu einem Zopf zusammen.

Dabei steht sie aufrecht vor Max. Er blickt unwillkürlich in ihr Dekolleté und erhascht einen Blick auf ihre ansehnlichen Brüste unter dem weißen Bademantel. Dabei erkennt er ihre üppige und doch wohlgeformte Figur, sieht in ihre braunen Augen und versucht, die Schärfe aus dem Geplänkel zu nehmen: »Ich sagte schon, ich bin Max. Lena habe ich kennengelernt, als sie mir mit Njoschi in meinen alten Renault gefahren sind, sie hat mir versprochen, den Schaden wiedergutzumachen, jetzt wollte ich sie daran erinnern.«

»Ich bin Lisa, eine Kommilitonin. Wir wohnen hier gemeinsam«, nimmt auch Lisa die Schärfe aus ihren Antworten, macht aber trotzdem deutlich, kein Interesse an einem weiteren Gespräch zu haben: »Ich muss jetzt gehen, und Lena ist an der Uni, du kannst eine Nachricht hierlassen.«

Max schreibt auf ein Blatt Papier: »Ich bezahle dir den Schaden -Nur wann? – Max.« Zusätzlich schreibt er seine Telefonnummer darauf und gibt Lisa den Zettel. »Kannst du mir Lenas Handynummer geben?«, fragt er sie.

»Nee, bestimmt nicht«, lacht Lisa breit und zeigt dabei ihre ebenmäßigen weißen Zähne, sodass Max sich spontan sagen hört: »Oder deine?« Schnell fügt er hinzu: »Ich habe Lena nicht zufällig getroffen, ich recherchiere an einer Story zum Thema Felchenzuchtgehege. Sollte ich fachliche Fragen haben, könnte ich mich ja auch an dich wenden, als Kommilitonin, oder?«

»Lena hat gerade eine Facharbeit zu den Felchen im See veröffentlicht, die kannst du haben.« Lisa greift auf dem Tisch zu einigen eng beschriebenen losen Blättern und legt sie in ein Greenpeace-Magazin, das über die Fischzuchtfarmen in den Meeren berichtet. »Ich gebe dir was zu lesen, damit du weißt, um was es geht, und unsere Festnetz-WG-Nummer. Du kannst anrufen, ich denke, du musst wegen dem Schaden an deinem Auto sowieso mit ihr reden«, zieht sich Lisa geschickt zurück und schreibt ihm die Festnetznummer der Wohnung auf eines der Magazine.

»Der Blechschaden an meinem Auto ist eine Sache, aber eine Bombenexplosion ist etwas ganz anders. Ich denke, ihr geht da einen Schritt zu weit, pass auf und versau dir nicht dein ganzes Leben. Die Polizei ermittelt und findet bei terroristischen Anschlägen schnell noch ganz andere Anklagepunkte.«

»Was soll das?«, ändert Lisa die Tonlage wieder, »mach mich doch nicht so blöd an, ich habe nichts damit zu tun.«

»Falls du es dir anders überlegst, ruf mich an«, schiebt Max ihr seine Telefonnummer und Adresse zu, »du kannst mich gerne auf ein Glas Wein besuchen. Ich glaube, es gäbe noch einiges zu eurem Kampf gegen die Felchengehege zu bereden.«

»Mit dir?«, lächelt Lisa frech. Sie fühlt sich wieder etwas sicherer, es scheint, als wäre sie den Typen los.

»Ich bin nicht bei der Polizei, aber wer mit Rohrbomben spielt, kann sich schnell die Finger verbrennen.«

»Ich glaube, du gehst jetzt besser«, deutet Lisa ihm den Weg zu der Falltür.

»Solltest du dir es anders überlegen, lass dich in Überlingen sehen, du kannst mich jederzeit anrufen«, lächelt Max charmant. »Glaub mir, mit dem Ellegast ist nicht zu spaßen und mit der Polizei und der Staatsanwaltschaft bei Bombenanschlägen auch nicht.« Schon im Gehen fügt er noch hinzu: »Ich weiß gerade nicht, was mich hier mehr beindruckt: eure geile Wohnung, oder deine coole Art.« Schnell hat er in seinem Kopf die Adjektive ausgetauscht, bevor er sagt, was auf seiner Zunge lag: deine coole Wohnung und deine geilen Brüste.

An einem Drahtseil, an dem über einen Wendehammer die Falltür am Dachfirst des Satteldachs befestigt ist, zieht Max das Gegengewicht der Falltür nach unten, die Tür geht nach oben auf, und er verschwindet auf der Treppe in dem langen Gang zurück auf die Altstadtstraße, nicht ohne sich noch einmal umzusehen. Gerne wäre er noch bei Lisa geblieben.

Gerdi traut ihren Augen nicht. Am Abend zuvor hat sie ihre Bodennetze in der Mauracher Bucht gesetzt. Nachdem sie schon lange keine Felchen mehr gefangen hat, geht sie in jüngster Zeit auf Kretzer. Für den Fang der Kretzer darf sie engere Netze verwenden, statt 38 bis 44 Millimeter für Felchen sind für Barsche 28 bis 32 Millimeter erlaubt. Die Mauracher Bucht ist ideal für den Fang der gründelnden Barsche mit Bodennetzen. Und tatsächlich, sie will das erste Netz einholen und staunt, wie schwer gefüllt es sein muss. Sie muss mit aller Kraft daran ziehen, Stück für Stück hangelt sie die Netzleine enger. Ein glückliches Lächeln huscht über ihr Gesicht. Wann durfte sie sich das letzte Mal so anstrengen, um ein Netz zu bergen?, freut sie sich.

Noch mehr staunt sie, als sie sieht, dass sich in dem Netz gar keine Kretzer verfangen haben, sondern das Netz voller Felchen ist. Zwar noch auffallend jung, aber gerade wurde nach einer Verordnung des Ministeriums das Mindestmaß für Felchen im Bodensee aufgehoben. Vielleicht hatte sie die Bodennetze zu hoch gesetzt, dass sich Felchen darin verfangen konnten. Das nächste Mal muss sie die Bodennetze mit den engen Kretzermaschen flacher setzen, sonst bekommt sie Ärger. Aber den Fang heute darf sie behalten. Juchhe! Was für ein Freudentag!

Sie nimmt jeden Fisch einzeln aus dem Netz, gibt ihm einen Schlag auf den Kopf und wirft ihn in ihr Boot. Sie arbeitet im Akkord, die Felchen zählen kann sie nicht, es müssen über 200 sein. Schon bald ist ihr Fischerboot bis zum Rand gefüllt, glücklich schmeißt sie das leere Netz über ihren stattlichen Fang und tuckert aus der Mauracher Bucht nach Hause Richtung Überlingen.

Vor ihrem Haus legt sie an dem fast verfallenen Holzsteg an. Es ist warm geworden, aber sie muss die Felchen sofort aus dem Boot in ihren Keller schleppen, dort hatte schon ihr Großvater eine kleine Waschküche eingerichtet. Martin hat sie den modernen Anforderungen entsprechend ausgebaut, jetzt muss sie die rund 200 Felchen schnell ausnehmen und an ihre Gastronomen verkaufen.

In Mengen schaufelt sie die Fische in einen Korb und

schleppt sie ins Haus. In der Waschküche bindet sie sich einen Gummischurz um die Hüften und beginnt, die Fische über einem Trog mit fließendem kaltem Wasser auszunehmen. Jedes Felchen nimmt sie in die Hand, setzt das spitze Messer am Schwanz des Tieres an und fährt in der Mitte der Bauchhöhle bis zum Kopf. Unter dem Wasserhahn spült sie die Bauchhöhle aus, um danach die Filets entlang der Rückgratgräte mit ihrem scharfen Messer frei zu legen. Doch schon beim zweiten und erst recht beim dritten Felchen stutzt sie. Die Felchen sind alle keine 30 Zentimeter groß und scheinen zum Teil verletzt zu sein, oder haben einige eine Hautkrankheit?

Verunsichert schaut sie sich die Verletzungen an. Was ist mit den Tieren passiert?, fragt sie sich. Was ist los im See? Monatelang fängt sie kein einziges Felchen, heute weit über 200, aber die meisten sind verletzt?

Sie zwingt sich zur Ruhe. Greift in ihren Fang und holt wahllos weitere Fische heraus. Jeden begutachtet sie sorgfältig. Bei einem Felchen sieht sie eine Beule am Kopf wie bei dem Felchen, das ihr Max' Freund gestern gebracht hat. Aber das kann doch nicht sein, was haben ihre Wildfelchen mit den Gehegefelchen ihres Mannes zu tun?

Verunsichert zieht sie sich ihre Schürze aus und rennt zum Telefon. Das Freizeichen ertönt, es dauert, endlich nimmt Lena ab: »Mama, was ist los?«

»Ich weiß es nicht, aber hier geht etwas nicht mit rechten Dingen zu«, bricht es aus Gerdi Ellegast heraus. »Du musst sofort kommen, ich weiß nicht, was ich machen soll.« Dann stockt sie und setzt erneut an:

»Habt ihr das Felchen, das ich dir gestern aus dem Seerestaurant gegeben habe, schon untersucht?«

»Ja klar, das war nicht schwer«, antwortet Lena, »das Felchen litt an Furunkulose, das ist eine bakterielle Infektionskrankheit, wie du weißt.«

»Ja, aber das hat wohl nichts mit Papas Gehege zu tun, liebe Lena«, sucht Gerdi Ellegast nach Worten, »ich habe heute Morgen fast 200 solche kranken Felchen aus dem See gefischt.«

»Was hast du?«, überschlagen sich Lenas Worte in Gerdis Telefon.

»Über 200 mickrige kranke Felchen in der Waschküche«, antwortet Gerdi matt.

»Mama, du weißt von dem Anschlag auf Papas Gehege?«, fragt Lena unsicher.

»Von was?«

»Hast du heute Morgen keine Nachrichten gehört?«

»Meinst du, ich höre Radio auf dem See?«

»Ich komme, Mama.«

6.

»Sortiert sie fein säuberlich aus, die meisten können wir noch leicht als Filets zuputzen. Ihr könnt kleinere Verletzungen wegschneiden, dann bekommt der Ochsner eben kleine Filets«, ordnet Ellegast seiner Belegschaft an.

Ellegast will die verletzten Felchen, die in dem gesprengten Netz und auf dem See zurückblieben, nicht einfach schreddern, auch nicht die toten. Er will sie für den Verkauf retten, schließlich sind sie erst kurze Zeit tot, mache verharren noch in der Leichenstarre. Für Köche die untrügliche Frischegarantie.

Wie am Fließband schneiden seine Mitarbeiter die Leiber der Felchen auf, entnehmen ihnen die Innereien, wobei sie die Felchenleber vorsichtig putzen und in eine große Wanne werfen, sie werden später für die Spezialitätenrestaurants gesäubert und hergerichtet. Gebratene Felchenleber auf Rührei unter ein paar dünnen Scheiben gehobeltem Sommertrüffel gilt in der gehobenen Bodenseeküche als Gourmetbissen.

Den ganzen Fischen werden mit zwei Schnitten die weißen Filets von den Gräten und der Haut befreit. Unschuldig glitzern die garantiert frischen und echten Bodenseefelchenfilets unter dem Neonlicht in der Großküche der Fischzubereitungshalle. Die Reste der Felchen werden später zu Fischfonds verkocht, die Ellegast ebenfalls an die Gastronomie oder in seinem Laden in Meersburg verkauft.

»Wir müssen sofort alle unsere Gastronomen abtelefonieren«, schreit Ellegast in das Büro, »nehmt alle Bestellungen für heute entgegen. Lasst euch auf keine Preisdrücker ein. Wir verkaufen nur erstklassige, frische Ware, die in unserem unbeschädigten Gehege die Schlachtgröße erreicht hat. Beste Qualität! Und nur Filets!«

»Warum nur Filets?«, fragt eine der Sekretärinnen.

»Mach, was ich dir sage«, wischt Ellegast die Frage beiseite und fragt leise und etwas verunsichert Doktor Simon, der neben ihm steht: »Das Antibiotikum dürfte doch nach der kurzen Zeit, von gestern bis heute, noch nicht in den Filets nachzuweisen sein, oder?«

»In den Filets noch nicht«, beruhigt der Tierarzt, »nur in der Bauchhöhle, in die wir gespritzt haben, und vielleicht in der Leber oder den Nieren.«

»Dann können wir die Filets unbedenklich in den Handel geben?«

»Filets ja«, stimmt ihm Doktor Simon zu, »auf keinen Fall aber ganze Felchen! Wer weiß, wer sie in die Hände bekommt.« Dann räuspert er sich kurz und schiebt verunsichert nach: »Es wird sowieso durch die in Freiheit gelangten Felchen öffentlich, dass wir sie mit Antibiotika behandelt haben. Wir sollten, bevor irgendwelche Berufsfischer unsere Felchen aus dem Wasser ziehen und untersuchen lassen, selbst an die Öffentlichkeit gehen.«

»Wie meinen Sie das?«, fragt Ellegast unbeherrscht, »das ist ja die Scheiße: der Anschlag nur einen Tag früher, und das ganze Thema *Antibiotika* wäre nie aufgekommen.«

»Jetzt ist es aber da, und wir müssen offensiv agieren. Am besten, wir sagen den Gastronomen und Händlern, dass wir ihnen ausschließlich Felchen aus dem Gehege verkaufen, in dem sich nur gesunde und keine behandelten Felchen tummelten. Die Felchen aus dem beschädigten Gehege, die beim dem Anschlag entkamen, waren noch nicht für den Verzehr freigegeben, da wir einzelne von ihnen nach sorgfältiger medizinischer Untersuchung wie vorgeschrieben mit Antibiotika behandeln mussten.«

»Und dann, wie stehen wir dann da?«, schreit Ellegast unbeherrscht.

»Wie verantwortungsbewusste Züchter. Ich habe als Tierarzt nur bei einigen wenigen verletzten Tieren die Impfung vorgenommen, um ihnen Schmerzen zu ersparen. Das Antibiotikum wird sich schnell abbauen, und in drei Monaten können die Felchen kerngesund zum Verzehr freigegeben werden.«

»Klingt einleuchtend«, beruhigt sich Ellegast langsam, »aber dann sollten wir zusätzlich eine Warnung an alle Berufsfischer herausgeben, dass sie die im See befindlichen Felchen mit unter 200 Gramm nicht entnehmen dürfen, eigentlich ist das sowieso selbstverständlich. Keines aus unserer Zucht hat die offizielle Mindestgröße erreicht.«

»Wenn wir nach außen mit offenen Karten spielen, nehmen wir den Berufsfischern den Wind aus den Segeln«, stimmt Doktor Simon seiner eigenen Idee zu.

»Vielleicht ist das überhaupt ein geniales Manöver«, schwenkt Ellegast ein, »das ist unsere Chance, das ganze

Gehege zwei mit den kontaminierten Felchen zu entleeren und in der Zukunft, offiziell auf jede weitere Impfung mit Antibiotika zu verzichten.«

»Warum denn das?«, wundert sich Doktor Simon.

»Wir sagen das war eine Ausnahme, weil ein Schwarm, den wir aus Italien eingeführt hatten, erkrankt war, nur deshalb mussten wir ausnahmsweise Antibiotika spritzen, aber in Zukunft verzichten wir auf Zukäufe der Jungfische aus Italien.«

»Und die neue Lieferung?«

»Die fünf Tonnen Jungfische kommen morgen früh aus Sibirien, sie haben keine 30 Gramm. Die können wir problemlos über ein Tauchbad impfen und in dem jetzt leeren Gehege einsetzen. Wenn wir sie dann mit 300 Gramm verkaufen, sind sie clean.«

»Die Badimpfung darf nur im Notfall von einem Arzt verordnet werden«, macht sich Doktor Simon wichtig, »und sie gibt den Tieren nur einen Schutz von drei Monaten.«

»Das passt doch perfekt«, freut sich Ellegast und schiebt schmunzelnd hinterher, »da sehen Sie, wie gut ich Sie bezahle. Für einen dreimonatigen Schutz bekommen Sie zwölf Monate Ihr gutes Gehalt.«

Dr. Simon schaut seinen Chef eisig an, dieser verrät ungerührt seinen neuen Plan: »Wir müssen einfach dafür sorgen, dass die Viecher schneller wachsen. Jetzt ist es Juni, im November müssen die 30-Gramm-Fische 300 Gramm haben, dann können wir sie vor der Geschlechtstreife entnehmen und im Herbst gut verkaufen.« Provozierend hält er dem frostigen Blick des Doktors lächelnd stand: »Ich habe extra neues, wertigeres und doch günstigeres Futter bestellt. Es kommt aus Brasilien, angereichertes Soja. So geht Fischzucht heute!«

Max war, nachdem er am Morgen aus Konstanz zurückkam, sofort in das Seerestaurant gefahren, um den Mittagsservice aufzunehmen. Jetzt geht er in seine Zimmerstunde, so nennen die Gastronomen die Zeit zwischen Mittagsservice und Abendtisch. Er findet die Arbeitszeiten als Kellner wie für sich geschaffen. Morgens darf er ausschlafen, gegen elf Uhr ist er im Seerestaurant, und ab 14.30 Uhr hat er fei. Dann kann er den ganzen Nachmittag machen, was er will. Manchmal gibt er einem Schlagzeugschüler Unterricht oder er macht einen kurzen Lauf entlang des Uferwegs bis zu den Pfahlbauten an Maurach vorbei. Danach springt er zu Hause in seinen See. Er ist sich der privilegierten Lage seines Seehauses, beziehungsweise Erbes, direkt am Bodenseeufer, bewusst.

»Du lebst in einem Paradies nur ohne Eva«, sticheln seine Freunde. Vielleicht gerade deshalb, weiß er, denn wenn er eine Familie hätte, würden vermutlich Erbstreitigkeiten folgen. So aber lassen ihn seine beiden älteren Brüder in Ruhe. Keiner hat das Geld, den anderen auszubezahlen, denn das alte Seehaus, in dem Max wohnt, wurde immer mehr wert. Von wegen nur Panoramasicht. Seegrundstück mit direktem Seezugang, würde Karpfen sagen, und das alte Seehäuschen zu einem Wohnpark am See vergolden.

Ein Grundstück direkt am Ufer des Sees ist längst für Normalbürger unerschwinglich, der See wurde in den vergangenen Jahren ohne Rücksicht auf die Natur zugebaut. Immobilienhaie und Millionäre aus der ganzen Welt haben hier ihr Geld angelegt. Aber der Vater von Max hatte in seinem Testament festgelegt, dass das Haus im Familienbesitz bleibt, solange einer seiner drei Jungs darin wohnen bleiben will.

Max hält das Seehaus in Schuss, so gut er kann. Gerdi Ellegast dagegen hat das Fischerhaus ihres Großvaters, direkt neben Max' Grundstück, im alpenländischen Stil renoviert. Vielleicht ein bisschen kitschig, hatte Max damals geurteilt, aber im Winter beneidete er sie um die Zentralheizung und die dichten Fenster. Bisher stand das Haus zwar meist leer. Erst jetzt, seit Gerdi wieder hier wohnt, hebt sich das Nachbarhaus mit Leben von den anderen meist leerstehenden Immobilien am Uferweg ab, die fast das ganze Jahr über mit heruntergelassenen Rollläden ungenutzt, nur ihren Wert steigernd, leer stehen.

Heute scheint Gerdi vom Fischerglück geküsst worden zu sein, denkt Max und sieht in ihrem Fischerboot am Steg noch Spuren eines satten Fangs. Die Netze liegen auffallend ungeordnet im Boot, dafür sind alle Kisten, die sie für ihren Fang nutzt, verschwunden, und Gerdi scheint in ihrem Keller, der nach der Renovierung einem modernen Fischschlachthaus mit Edelstahleinrichtung gleicht, ihren Fang zu verarbeiten. Die Außentür zu ihrem Keller steht offen, aber Max will in den See springen und, nach der anstrengenden Nacht in dem Waschhaus des Wallhauser Jachtklubs und seinem Dienst heute Mittag, einige entspannte Runden drehen.

»So ä Läbbe wie du wollt ich mol habbe«, ruft ihm Hanspeter zu, der als Immobilienmakler auf jeden Fall zu den Paradiesvögeln in Überlingen zählt. Er kommt, wie fast jeden Mittag um diese Zeit, den Uferweg entlanggeschlendert und schaut nach seinem Freund Max. Hanspeter hatte mal kurze Zeit ein Betriebswirtschaftsstudium begonnen, aber dann abgebrochen. »Wenn du fürs Nichtstun Geld bekommsch, warum sollsch dann schaffe?«, lacht er und nennt als Paten seiner Berufswahl Martin Walser, der rechtzeitig in der ersten Reihe am See bei Überlingen ein Haus erworben hat. »Du musst kein BWL-Buch lesen, sondern nur ›Das Schwanenhaus‹ von Walser, das hat er schon 1982 geschrieben.«

In Martin Walsers Klassiker genießt ein Doktor Zürn die schönen Einkünfte als Immobilienmakler schon lange vor der Finanzkrise. »Lesen bildet!«, rät Karpfen mit großen Glupschaugen jedem Neider. Das große, aber zu erwartende Glück der Immobilienhändler heute: Seit Walsers Roman ist die Nachfrage nach Immobilien enorm gestiegen, aber logischerweise nicht das Angebot, mehr Grundstücke sind nicht nachbestellbar!

Es ist auch Max klar, dass man kein Verkaufstalent sein muss, um die angebotenen Liegenschaften am Bodensee gewinnbringend zu vermarkten. Fast jeder Seebesucher, der mit einem dicken Geldbeutel einmal in den sogenannten »Fastenkliniken« in Überlingen für viel Geld wenig zu essen bekommt, scheint Lust zu haben, seinen Hunger anderweitig zu stillen und verschlingt kurzerhand eine Immobilie, aber bitte mit Seeblick! So stehen viele schöne Häuser als Geldanlagen leer. Selbst in der ersten Reihe, prominent auf der Überlinger Promenade, sind die Jalousien bei manchen Gebäuden das ganze Jahr über dicht.

Hanspeter ist als Immobilienmakler bestens vernetzt. Das Problem am See ist nicht, Käufer zu finden, sondern Verkäufer. Seine Tanten aus der großen alteingesessenen Überlinger Verwandtschaft verraten ihm, wer aus ihren Reihen bald das Zeitliche segnen wird, und Hanspeter kennt auch noch die Erben, schließlich war man zusammen in der Schule oder im Fußballverein. »Zwei, drei Anrufe, dann sind die Schnittchen weg«, lacht er, »dafür brauchst du kein Diplom.«

»Komm jetzt endlich rein, es ist seichwarm«, ruft Max Hanspeter zu, der in einer klassischen Turnhose, wohl aus seiner Schulzeit, in einem T-Shirt und mit Flipflops ausgerüstet auf dem alten hölzernen Steg steht und jetzt einfach seine Klamotten auszieht und splitternackt in den See juckt.

»Mir ist es recht«, antwortet Hanspeter, als er die kurze Distanz zu Max mit drei Delfinschlägen geschafft hat, »wenn schon Klimawandel, dann bitte immer wärmer.«

Max will ihm nicht zustimmen, obwohl er auch so denkt. Verdammt, der Sommer am See ist wunderschön, und wenn es warm ist und die Sonne lacht eben noch viel schöner.

Max holt tief Luft und taucht unter. Mit drei, vier Zügen unter Wasser kann er meist allen Dreck von sich und aus seinem Hirn waschen, so hat er das Gefühl. Er braucht kein Motorboot mit Unmengen an PS, er braucht auch keine Segeljacht, ein Sprung in das frische

Seewasser ohne Chlorgeruch oder planschende Kinder oder nach parfümiertem Sonnenöl riechende Frauen – nur er, Kopf unter im frischem Seewasser, das gleichzeitig Millionen Menschen als Trinkwasser dient, das empfindet Max tatsächlich als sein Paradies.

Während sie vom Ufer aus Richtung Dingelsdorf schwimmen, hat Max am gegenüberliegenden Ufer Wallhausen im Blick. Von den Felchengehegen sieht er wenig, aber er will sie jetzt auch nicht sehen. Was geht ihn das ganze Theater um diese verdammten Felchen an, fragt er sich.

Trotzdem will er Hanspeter von seinem Erlebnis in der vergangenen Nacht erzählen, aber plötzlich juckt ihn irgendetwas an seinem Schenkel. Er spürt ein leichtes Brennen auf seiner Haut. Er hat seine Augen unter Wasser offen, schaut an die Stelle des juckenden Schenkels, sieht einen rötlichen Flecken, mehr nicht. Er taucht auf, kratzt sich und schwimmt weiter. Erneut taucht er unter und hält die Augen geöffnet. Er sieht ein helles, durchsichtiges zwei Zentimeter großes Teilchen, das aussieht, als wäre es ein Stück von einer Plastiktüte. Max greift nach ihr. »Diese Plastikscheiße schwimmt nicht nur im Meer, sondern auch in unserem See«, raunzt er zu Hanspeter und will ihm das kleine Teilchen zeigen, doch er bekommt es nicht in den Griff, es schwimmt davon.

Verdammt, wie kann Plastik wegschwimmen? wundert sich Max und greift erneut nach dem durchsichtigen Teil. Er fängt es mit beiden Händen ein und bevor er sich umsehen kann, klebt es an seiner Handfläche. »Scheiße, was ist das?«, schreit er und versucht, das glitschige Teil von der Hand zu lösen.

»Ha, des wird ä Qualle sei«, kommentiert Hanspeter.

»Was, eine Qualle!?«, will Max nicht glauben, was sein Freund vermutet.

»Liest du denn keine Zeitung?«, fragt dieser cool, »genauer, eine Süßwasserqualle, die soll es, bei den warmen Temperaturen im See jetzt immer öfters geben.«

»Quallen i iserem See? Nee, oder?«

»Ja doch, ab 25 Grad finden sie ideale Verhältnisse, haben sie im ›Südkurier‹ geschrieben«, weiß Hanspeter, »normalerweise sollen sie nur am Grund des Bodensees zu finden sein, doch bei diesen Temperaturen und bei der Zufütterung …«

»Wieso Zufütterung?«

»Normalerweise fressen sie kleine Krebse, aber wenn der Ellegast seine Felchen füttert, glaubst du etwa, die ganzen Nährstoffe bleiben in seinem Gehege? Anscheinend vermehren sich die Quallen rund um das Gehege am schnellsten.«

In der Zwischenzeit hat sich in Max' Handfläche eine rote Verletzung von den Nesselzellen der Qualle gebildet. Jetzt kratzt er sich am Schenkel und in der Handfläche.

»Hör uf, des bringt nichts«, lacht Hanspeter schadenfroh, »das kommt von deinen Bodenseefelchen, die eben doch nur Zuchtfelchen sind. Von der unnatürlichen Fütterung im See vermehren sich auch Stichlinge und Quagga-Muscheln wie noch nie. Nur, mehr Bodenseefelchen werden es so auch nicht!«

»Halt deinen Vortrag in der Volkshochschule«, fällt Max Hanspeter ins Wort und dreht ab, »ich muss gehen, im Unterschied zu dir muss ich mein Geld redlich verdienen und werde ab 17.30 Uhr Bodenseefelchen – von woher auch immer – servieren.«

Bevor er sich auf sein Rad schwingt, um in die Stadt in das Seerestaurant zu radeln, schaut er neugierig bei Gerdi in ihrem Fischschlachtkeller vorbei. Zunächst staunt er über ihren dicken Fang. »Über 200 Felchen aus dem See, Wildfang!«, das hat er schon lange nicht mehr gesehen. Dann erzählt er ihr in Kürze, was er in der vergangenen Nacht erlebt hat. Dabei wird Gerdi klar, was ihre Tochter ihr angedeutet hat, und langsam dämmert ihr etwas, was sie lieber gar nicht wissen will.

»Mir steht dieses Felchentheater langsam bis hier«, zeigt Max zu seiner Oberkante der Unterlippe, »und jetzt noch diese scheiß Quallen.«

Am Abend steht Lena im Keller ihrer Mutter und vor den rund 200 gefangenen Felchen. Sie schaut sich den Fang kurz an, dann tippt sie: »Vielleicht sind das Felchen eines Schwarms, die heute Nacht aus Papas Gehege befreit wurden.« Unaufgeregt hat sie zuvor ihrer Mutter ebenfalls von der Rohrbombe berichtet, die in der Nacht zuvor eines der Gehege der neuen Felchenzuchtstation zerstört hat. »Dabei müssen Tausende Felchen befreit worden sein«, schätzt sie.

»Lena, wie redest du denn?«, fragt Gerdi verwundert. »Eine Sprengung nennst du Befreiung?«

»Wenn sie heute Nacht nicht befreit worden wären, hättest du sie heute Morgen nicht im Netz fangen können«, gibt Lena mit leichtem Stolz in ihrer Stimme zurück.

»Und was hast du damit zu tun?«, fragt ihre Mutter jetzt streng.

»Nichts«, gibt sie cool zur Antwort.

»Und wie kam dann das Graffiti von deinem Njoschi an die Toreinfahrt der Zuchtstation in Wallhausen?«

»Woher weißt du davon?«

Jetzt kann Gerdi sich nicht mehr zurückhalten: »Max war hier, er hat mir alles von heute Nacht erzählt«, dann stutzt sie kurz und fügt hinzu: »Was er weiß zumindest – ich denke aber, du weißt mehr?«

»Dass wir das Graffiti schon an Papas Werk in Meersburg anbringen wollten, habe ich dir gesagt, jetzt haben wir es eben in Wallhausen an sein Tor gesprüht, ja und? Dass das Njoschi war, weißt du. Ich habe dir von ihm erzählt, und mehr gibt es da nicht zu sagen.«

»Und ihr sprüht das Graffiti genau in der Nacht an das Eingangstor zu Vaters Gelände, in der irgendwelche Dummköpfe das Gehege in die Luft jagen? Und das soll ein Zufall sein? Das soll ich dir glauben?«

»Mutter, es geht um unseren See, kapierst du denn nicht, was Papa da macht?«

»Doch, ich weiß auch von Max, dass er die Felchen tatsächlich mit Antibiotika behandelt, weshalb ich auch nicht verstehe, warum ihr keine Spuren davon in dem Felchen, das ich dir gestern gegeben habe, gefunden habt?«

»Dafür scheinen diese jetzt«, dabei zeigt Lena auf den großen Fang ihrer Mutter, »mit Antibiotika vollgepumpt zu sein.«

»Woher willst du das wissen?«

»Ich habe auf der Fahrt hierher Papa im Seefunk gehört, wie er alle Fischerkollegen aufruft, Jungfelchen unter 30 Zentimeter Länge wieder in den See zu werfen, da – sollten sie aus seinem Gehege stammen –

diesen erst gestern eine kleine Injektion Antibiotikum verabreicht wurde, die die Fische erst wieder abbauen müssen – sagt er.«

Gerdi Ellegast steht der Mund offen, sie schluckt fassungslos. »Das gibt er öffentlich zu, dass er ein ganzes Gehege Felchen mit Antibiotika behandelt hat?«

»Es bleibt ihm doch gar nichts anderes übrig, verstehst du jetzt, wie gut die Befreiung der Felchen war?« Dabei nimmt sie eines der Felchen vom Fang ihrer Mutter in ihre Hände, schaut es mitleidig an, und stellt fest: »Dafür musstest du sterben, dass die Öffentlichkeit erfährt, dass du in deinem Gefängnis mit Antibiotika gespritzt wurdest.«

»Lena!«, ruft ihre Mutter entsetzt, »wie redest du denn? Du hältst einen Fisch in deinen Händen, ein Tier! Die Rohrbombe hätte Max treffen können, er schwamm gerade in der Nähe der Gehege.«

»Das konnte doch niemand wissen, was hat der Trottel in stockfinsterer Nacht da draußen zu suchen?«

»Lena«, wird ihre Mutter immer lauter, »das ist nicht die Frage, sondern: Was hast du mit der Bombe zu tun? Du stiftest Njoschi an, in der Nacht zu sprayen, in der ihr das Gehege in die Luft jagt?«

»Du spinnst«, ereifert sich Lena, »was unterstellst du mir? Ich bin Wissenschaftlerin, ich bin Biologin.«

»Und klug genug, eine Rohrbombe zusammenzubauen!«, kontert ihre Mutter scharf, »Max meint, es ist eine Aktion von ›Peta‹-Kämpfern. Da muss ich an dich und deine plötzliche Freundschaft zu Tante Nanni und Hanni denken. Denen traue ich zu, dass sie euch Jungen aufhetzen.«

»Mama«, lenkt Lena mit sanfter Stimme ein, »lass uns bitte nicht wegen der Gehege streiten. Wir sind da doch einer Meinung.«

»Aber nicht, wenn du mit kriminellen Mitteln kämpfst«, nimmt auch Gerdi die Schärfe aus ihrem Tonfall, »dein Vater würde dir das nie verzeihen.«

»Mama, ich denke, das ist dein Problem. Zuerst solltest du für dich das Verhältnis zu deinem Mann klären.«

»Ich weiß nicht«, haucht Gerdi matt, »ist er noch mein Mann?«

Lena glaubt, Tränen in den Augen ihrer Mutter zu erkennen, und nimmt sie tröstend in die Arme, aber bestimmt sagt sie: »Er macht unseren See kaputt!«

»Übertreibst du nicht, Lena?«, antwortet Gerdi Ellegast zweifelnd. »Mit Gewalt jedenfalls erreichst du auch nichts.«

»Mama, ich will den See retten! Zusätzliche Gifte in unserem Trinkwasser sind wahrlich nicht zeitgemäß. Und wenn ich vor deinen 200 toten Felchen stehe, frage ich mich, ob wir Menschen dieses Schlachtfest brauchen.«

»Was ist denn in dich gefahren?«, will Gerdi ihren Ohren nicht trauen, »haben dich Hanni und Nanni jetzt ganz umgepolt?«

»Mama, ich war oft genug mit dir draußen und habe geholfen, die Netze einzuholen. Schön ist das doch wahrlich nicht, wie du die Schädel der Fische über die Bootskante schlägst und dann hinter dir im Boot zappeln lässt, bis der Tod sie endlich erlöst. Glaubst du, das wäre mein Beruf?«

»Bisher haben dir unsere Felchen, ob geräuchert oder gebraten, geschmeckt, was ist plötzlich in dich gefahren?«

»Bisher habe ich auch Putenfleisch gegessen, ohne mir Gedanken zu machen, oder Schweinefleisch. Aber seit ich weiß, wie die Tiere konventionell gehalten werden, ist mir der Appetit vergangen. Und da denke ich daran, wie du die Felchen schlachtest. Die Tierschutzschlachtverordnung schreibt vor, dass die Felchen aus dem Netz betäubt und danach sofort mit einem Stich ins Herz getötet werden müssen. Aber ihr überlasst die Fische im Boot ihrem Todeskampf. Sie schnappen nach Sauerstoff, ihre Kiemen sind verklebt, es ist herzzerreißend, ihnen zuzusehen.«

»Bist du jetzt ganz übergeschnappt?«, wird Gerdi laut, »schon die Jünger Jesu haben so ihre Fische gefangen wie wir heute. Und auch deine Tanten Hanni und Nanni haben früher, als sie noch normal waren, Bodenseefisch gegessen. Willst du jetzt auch Vegetarierin oder gar Veganerin werden?«

»Mama, ich höre nicht auf Nanni und Hanni, ich werde auch nicht zur Vegetarierin, dafür liebe ich Felchen, ob Müllerinart oder geräuchert, viel zu sehr, ich will, dass wir die Tiere so behandeln, wie es sich gehört. Und ich will, dass der See so sauber bleibt, wie er ist, auch eure Forderung, die Phosphatwerte zu erhöhen, ist doch lächerlich. Darüber würden sich viele neue Seebewohner wie Stichlinge, Muscheln und Quallen freuen, aber mehr Felchen werden es so auch nicht!«

»Dass du mal nicht unsere Fischerpatente übernehmen wirst, befürchte ich schon lange.«

»Mama«, fleht Lena ihre Mutter an, »bitte verstehe mich richtig. Ich will, dass die Fischer alle nachhaltig arbeiten, dass wir den Wildfisch, wie in Moos abgemacht, schützen und die Fische tiergerecht verarbeiten, das ist alles!«

»Dann hilf mir jetzt bitte, diese 200 Felchen zu filetieren, es wäre eine Schande, sie nicht weiter zu verarbeiten. Danach legen wir sie auf Eis und morgen sehen wir, wem und wie ich sie verkaufen kann.«

7.

Gerdi wacht schweißgebadet auf. Wie im Zeitraffer hat sie im Traum die Ehe mit Max Ellegast durchlebt. Immer wieder kamen ihr die Bilder in den Kopf, als Martin Ellegast vor der Ehe um sie warb und nachts in ihr leeres Fischernetz einen Schwarm Felchen schmuggelte. Damals hatte sie ihm die Felchen zurückbringen wollen, aber Großvater hatte sie schon verkauft, um die Steuerschulden zu bezahlen. Jetzt überlegt sie, was sie mit den Felchen in ihrem Keller machen soll. Sie hat wieder ein Netz voller Felchen gefangen, die aus Martins Fischzucht stammen. Wobei die Frage ist, ob sie sie überhaupt verkaufen, beziehungsweise ob man sie verzehren kann? Sie hört ihren Großvater sagen: »Das ist altes Recht: Die Fische im Netz des Fischers sind seine Fische!«

Sie schläft wieder ein und hört Martin im Traum singen: »Ohne dich will ich nicht leben, ohne dich will ich nicht sein.« Ein Hit, über 20 Jahre alt, wurde zu ihrem Lieblingsschlager, nachdem Martin ihn ihr ins Ohr sang, als sie ihn auf der Liebesinsel zum ersten Mal geküsst hatte.

Im Traum sieht sie sich in der Tracht ihrer Mutter, und Martin setzt ihr als die »Fischerin vom Bodensee« eine kleine Krone auf. Mit Tränen in den Augen wacht sie erneut auf. Damals hatte man ihr falschen Stolz vorgeworfen, erinnert sie sich, und Martin ist noch immer mein Mann! Und wir haben eine gemeinsame Tochter. Neue Ängste flammen in ihr auf. Wenn Martin erfährt, dass Lena Verbindungen zu »Peta« hat, und vielleicht ist sie in diesen Anschlag verwickelt?

Entschlossen steht sie auf und ruft Martin an. »Ich muss mit dir reden«, beginnt sie unsicher das Gespräch, »liebst du mich noch?«

Martin lacht verlegen. »Ich glaube nicht, dass du mich deshalb so früh am Morgen anrufst.« Seine Stimme wird härter: »Du bringst alle Fischer gegen mich auf. Sag mir, was du willst.«

»Ich habe gerade davon geträumt, wie du mir damals, vor unserer Hochzeit, einen Schwarm Felchen in mein Netz geschmuggelt hast. Jetzt hast du das, glaube ich, wieder geschafft.«

»Verstehe ich nicht, was meinst du?«

»Ich habe gestern plötzlich Hunderte Felchen im Netz gehabt. Zuerst habe ich mich gefreut, aber jetzt denke ich, sie sind aus deinem Gehege.«

»Erinnerst du dich daran, wie es schon damals viel zu wenige Felchen im See gab?«, lenkt Martin versöhnlicher ein. »Dein Großvater hatte damals schon gewarnt: Der See stirbt aus!«

»Lass Großvater aus dem Spiel, er würde dein Gehege auch nicht gutheißen«, faucht Gerdi wieder aggressiver, während Martin ungerührt weiterredet: »Ich hole die Felchen bei dir ab und verkaufe sie, wenn du willst, aber zu meinem Preis.«

»Ich verzichte auf dein Geld. Lena meint sowieso, die Felchen leiden an Furunkulose, und du hast selbst im Radio eingeräumt, sie wären mit Antibiotika behandelt.«

»Willst du, dass ich sie abhole, oder nicht?«, stellt Martin seine Frau gereizt vor die Alternative. »Geld dafür brauchst du ja nicht, du lebst ja noch von meinem, beziehungsweise unserem gemeinsamen Konto.« Dabei wird seine Stimme plötzlich wieder sanft: »Wie geht es Lena?«

»Am besten, du rufst sie selbst an«, entzieht sich Gerdi einer ehrlichen Antwort. Sie will Martin nichts von ihrem Verdacht erzählen, sie will es selbst nicht glauben, dass Lena hinter dem Bombenanschlag stecken könnte. Und wenn, darf Martin es nie erfahren!

Auf der Pritsche des russischen Lastwagens des Typs Ural 4320 ist ein riesiger Tank aufgebaut. Der Lkw steht schon seit den frühen Morgenstunden vor dem Tor der Felchenzuchtstation Ellegast in Wallhausen. Erst als Martin Ellegast dem Pförtner ein Zeichen gibt, öffnet dieser das Tor, und der Lastwagen rollt auf das Gelände. Ein Mitarbeiter Ellegasts dirigiert den russischen Lastwagen an den Steg zum See. Die Männer schließen eine dicke Rohrleitung an den Tank des Wagens. Draußen auf dem See winkt ein Mann mit ausgestrecktem Arm den Männern an Land zu. Er steht am Rand eines neuen Fischgeheges, hält das andere Ende der dicken Rohrleitung in das Gehege, und schon schießen fünf Tonnen kleinster Felchen wie auf einer Wasserrutsche durch die Leitung in das große Gehege.

»Wir müssen den werbewirksamen Ruf der Bodenseefelchen nutzen«, gibt Martin Ellegast sein neues Geschäftsziel vor. Der Verkauf der Felchen am See ist für ihn nur die Basis des Geschäfts. Fix und fertige

Bodenseefelchenfilets tiefgefroren oder eingelegt will er in Zukunft auch deutschlandweit in den Großhandelsketten anbieten. Deshalb hat er unter die bisher beiden genehmigten Gehege weitere Gehege, ohne Genehmigung, gebaut. Sie alle füllt er mit Zigtausenden Kleinfischen. Schon in drei Monaten will er mit einer neuen Offensive starten. Nicht nur in Stuttgart oder Frankfurt, Fisch vom Bodensee verkauft sich ebenso gut in Düsseldorf, Berlin und selbst in Hamburg, da ist er sicher.

Kaum sind die Felchen im See, fährt der neue Mitarbeiter, den Ellegast aus den Staaten einfliegen hat lassen, mit einer Helferin in einem Fischerboot zu dem ersten Gehege hinaus. Draußen steigt der Mann ohne viele Worte in einen weißen Overall. »Drehen Sie sich um und atmen Sie nur flach durch die Nase«, rät er der jungen rotgelockten Helferin und legt sich selbst eine Gasmaske an. Dann hält er einen dünnen Schlauch in das Gehege, schüttet eine milchige Substanz in das klare Wasser, und die kleinen Felchen schwimmen los, als ginge es um ihr Leben.

»Wasserstoffperoxid«, lacht der Mann, als er die Maske abgenommen hat, der fassungslos staunenden Mitarbeiterin ins Gesicht, »ein altbewährtes Heilmittel, bevor es Penizillin gab.« Sein amerikanischer Einschlag ist nicht zu überhören. Ungerührt zieht er seinen Overall aus und gibt der jungen Mitarbeiterin ein Zeichen, ihn wieder an Land zu bringen. »Jetzt werden wir die Tierchen noch schön futtern«, zwinkert er der jungen Assistentin zu. »Wie heißen Sie eigentlich?«

»Ich bin Lisa«, stellt sich die junge Dame vor und versucht, ihre langen Lockenhaare, die ihr der Seewind ins Gesicht bläst, hinter die Ohren zu streichen. »Ich studiere Biologie und mache gerade ein Praktikum.« Mit zunehmender Fahrt weht der Wind ihr die langen Haare aus dem Gesicht.

Der neue amerikanische Mitarbeiter sieht dadurch ihre kurze Stupsnase und 1.000 Sommersprossen. »Ich bin Jeff, ich komme aus Florida. Bin nur kurz hier, um Martin einige Tipps zu geben, wie er seine Fische gesund halten kann und sie schneller wachsen können.«

»Das sah aber gerade nicht sehr gesund aus, was Sie da gemacht haben«, wagt Lisa frech anzumerken, »Wasserstoffperoxid ist doch ätzend.«

»Verdünnt heilt es Wunden«, belehrt Jeff sie, »sicher ist sicher, die kleinen Fische haben eine lange Fahrt hinter sich, und wer weiß, aus welchen Gewässern sie stammen. Wir wollen sie gesund großziehen, deshalb muss man sie erst mal desinfizieren.«

Lisa nimmt das Gas zurück, legt das Fischerboot gekonnt am Steg an, springt aus dem Boot und macht es mit einer Leine fest.

»Kommen Sie mit, dann lernen Sie heute Morgen noch eine zweite Lektion«, fordert Jeff die Biologiestudentin auf. »Wir werden die jungen Felchen mit einem neuen Futter versorgen, damit sie schneller wachsen.«

Jeff ist fast so groß wie breit. In seinen Gummistiefeln eiert er vor Lisa her. Er ist nicht nur dick, sondern hat auch auffallend kurze Beine und, trotz fettem Leib, keinen Hintern in seiner Hose.

Typisch Ami, denkt Lisa und fragt Jeff, was er beruflich macht, dass Herr Ellegast ihn engagiert hat.

»Well, Blacky kennt mich aus Finnland, dort haben

wir seine Felchenzucht etwas umgestellt. Wir haben in den Great Lakes, im Superior Sea bei Kanada, ebenfalls große Felchenzuchtanlagen«, verrät er stolz, »nicht so Babypools wie ihr hier.«

Energisch zieht er das Garagentor der Hütte neben dem Steg hoch und geht in den Raum. »Wir müssen das Futter ein bisschen anreichern«, erklärt er, »erstens werden wir statt teurem Fischfutter einfaches Sojafutter verwenden, und zweitens müssen wir Parasiten aus dem Gehege fernhalten.«

Lisa lässt sich von ihm zwei 20-Kilo-Säcke Sojafutter geben und einen kleinen Sack, auf dem *Diflubenzuron* steht. »Was ist denn das?«, fragt sie kritisch.

»Alles in Ordnung«, winkt Jeff ihre Bedenken beiseite, »ein medizinischer Chitinsynthesehemmer, es gibt sonst schnell zu viele Krebstiere in den Gehegen, und ihr habt im Bodensee auch noch diese lästigen Quaggamuscheln.«

Lisa sieht, dass das Diflubenzuron aus der Schweiz kommt. Wie von Jeff angeordnet, mischt sie den Chitinsynthesehemmer mit dem Sojafutter in dem von ihm vorgegebenen Verhältnis, wobei sie über einen weiteren fraglichen Wirkstoff stolpert: *Ethoxyquin* liest sie auf den Sojafuttersäcken. Heimlich fotografiert sie den Futtersack mit dem Aufdruck und macht noch ein Foto von dem kleinen Sack, auf dem *Diflubenzuron* steht. Sie weiß, dass Ethoxyquin seit Neustem in der EU verboten ist. Vielleicht verfüttert Ellegast noch Restbestände.

»Ja, sehr verehrte Frau angehende Biologin«, hört sie Jeff hinter sich sagen. Kollegial legt er ihr einen Arm um die Schultern. »Die Entwicklung des Fischfutters ist im

Umbruch. Es wird derzeit immer mehr geforscht, um die pflanzliche Herstellung des Futters zu optimieren. Dies hat den Hintergrund, die Produktion von Fischfutter auf Soja zu reduzieren, das gilt für alle Fischarten«, dann lacht er, »selbst für Raubfische!«

»Und was macht das Ethoxyquin in dem Futter?«, kann sich Lisa nicht zurückhalten.

»Ethoxyquin ist ein völlig harmloses Konservierungsmittel, warum fragst du?«, wirkt Jeff plötzlich vorsichtig, »bei uns in den Staaten ist es erlaubt und in der Schweiz doch auch, und da sind wir doch, oder?«, lacht er.

Gerade wurden Forellen, die mit dem verbotenen Ethoxyquin gefüttert worden waren, bei einer Probe im Schwarzwald beanstandet. Lisa wundert dies alles nicht mehr. Die Fischzüchter wollen ihre Tiere kostengünstig füttern, das Soja aus Brasilien muss konserviert werden, wie auch immer. Zusätzlich geben die Fischzüchter Reinigungsmittel und Medikamente in die Gehege, um Pilze und Parasiten zu bekämpfen. Nicht alle Mittel, die es auf dem Markt gibt, sind für Speisefische erlaubt. Doch was unprofessionelle Aquarienhalter in ihre gläsernen Fischzuchtboxen schütten, kann in den großen Fischzuchtanlagen kaum schaden, denken sich manche Speisefischzüchter. Lisa hat über die Auswirkungen der Medikamente bei den Fischen, beziehungsweise bei den Menschen, die sie verzehren, genügend gelesen. Unterm Strich aber scheint es die Fischzüchtern genauso wenig zu interessieren wie die Bauern, die Glyphosat auf ihre Felder streuen.

Max will gerade auf sein Fahrrad steigen, um seinen Dienst bei Ochsner anzutreten, da sieht er einen Lieferwagen von »Ellegasts Fischspezialitäten« bei seiner neuen Nachbarin Gerdi vorfahren. Das will er nicht glauben, schnell steigt er wieder von seinem Rad, schiebt es hinter das Haus und schielt um die Ecke. Er sieht, wie Martin Ellegast zur Haustür geht und energisch an den Holzrahmen klopft. Gerdi öffnet die Tür, und Martin Ellegast geht hinein.

Max fällt die Kinnlade herunter, mit offenem Mund staunt er und schwingt sich wieder entschlossen auf sein Fahrrad. In Zukunft will er vorsichtiger sein, wenn Ellegast wieder einmal mit einer fraglichen Lieferung Felchen bei Ochsner in der Küche steht. Anscheinend arbeiten Gerdi und ihr Mann doch noch irgendwie zusammen.

»Du selbst?«, empfängt Gerdi ihren Mann.

»Wenn meine Frau ruft, stehe ich parat«, antwortet er in einem eher gleichgültigen Tonfall. »Wo sind die Felchen? Wie viele sind es, und hast du sie schon filetiert?«

»Freilich, gezählt habe ich sie nicht mehr, ich will damit nichts zu tun haben, nimm sie mit und mach damit, was du willst!«

»Jetzt stell dich nicht so an«, wird Ellegast heftig, »die Felchen sind Topware!«

»Wenn man krank ist und Antibiotika braucht, dann vielleicht«, gibt Gerdi zurück.

»Aquakultur ist immer ein medizinischer Balanceakt.«

»Wildfisch nicht!«, kontert Gerdi.

»Auch die leben in unserer Welt und bekommen alle die Stoffe ab, die die Menschen in deinen heiligen Bodensee leiten.« Dann wird er noch lauter und holt aus: »Wenn du Antibiotika einnimmst und auf die Toilette gehst, was glaubst du, wo dein Wässerchen hinfließt?«

»Ich denke, das baut sich in mir ab«, antwortet Gerdi.

»Ja, genauso wie alle anderen Medikamente auch, die in deinem Medikamentenschrank sind. Dumm nur, dass alle Untersuchungen einen steigenden Medikamentenanteil im Bodenseewasser anzeigen, der nichts mit meinen Felchen zu tun hat.«

»Dann kannst du den Anteil erhöhen, immer nur zu, alles in den See.«

»Wir müssen uns nichts vormachen, Gerdi, wir kennen uns gut. Du hattest auch schon einen Scheidenpilz, und was hast du eingenommen? Und wo ist das Problem, wenn auch Fische zu Medikamenten greifen so wie du?«

»Jetzt reicht's«, giftet Gerdi mit böse funkelnden Augen, »jetzt gehst du zu weit.« Mit Tränen in den Augen fügt sie hinzu: »Das ist unter der Gürtellinie, geh jetzt bitte!« Dabei denkt sie: Verdammt, warum nimmt er mich nicht einfach in seine Arme? Liebt er mich denn überhaupt nicht mehr?

Er denkt: Wenn sie sich aufregt, sieht sie noch immer wunderschön aus. Doch für Komplimente ist jetzt nicht die richtige Zeit. »Du kannst den Lauf der Zeit nicht aufhalten. Dein Großvater wusste schon, wohin die Fischerei im See führt. Bald wird es kaum noch genügend Felchen für alle Berufsfischer geben, der Klimawandel gibt den Rest, den hältst auch du nicht auf.«

»Du musst nicht den Lieben Gott spielen, warte einfach ab und lass deine Finger vom See, wir sollten lieber versuchen, die negativen Veränderungen aufzuhalten, als sie zu fördern. Noch mehr Medikamente im See machen ihn nicht besser.«

»So schlecht war dein Fang gestern doch nicht«, lacht er. »Ich hole jetzt die Felchen. Ich nehme an, sie liegen im Keller in dem neuen Eisschrank«, lacht er süffisant. »Ich bin dann mal weg.«

Gerdi wischt sich mit der flachen Hand eine Träne von der Wange, dreht sich um und schlägt die Haustür zu.

Kurze Zeit später staunt Max erneut. Kaum eine halbe Stunde, nachdem er im Seerestaurant zum Dienst angetreten ist, kommt Ellegast mit seinem Lieferwagen vorgefahren und bringt Ochsner 200 filetierte Felchen. »Bodenseefelchen!«, sagt er stolz, »schreibe das groß auf deine Speisekarte! Wer kann das sonst noch am Bodensee anbieten?«

»Ich habe dir gestern bereits 200 Stück abgenommen«, will Ochsner protestieren.

»Gefriere sie ein«, rät ihm Ellegast, »der Anschlag gestern hat das ganze erste Gehege freigesetzt. Die nächste Lieferung kommt aus Finnland oder sonst woher. Echte Bodenseefelchen gibt es erst wieder in drei Monaten. Aber dann garantiert!«

»Du bist der Einzige, der das garantieren kann«, spricht Ochsner ihm Mut zu, »lass dich nicht verrückt machen. Ich verkaufe Schweinefilet und Putenbrüste, und niemand fragt nach Antibiotika, was soll also der

Scheiß plötzlich bei Felchen. Als ob Lachse anders gezüchtet würden!«

»Die Leute lassen sich gerne etwas vormachen, aber alle greifen im Supermarkt zu den günstigsten Angeboten, da fragt kein Mensch nach. Das sind nur ein paar verrückte Veganer. Hat schon einmal ein Gast auf sein Schweineschnitzel verzichtet, weil den Tieren die Schwänze kupiert werden?«

Ochsner winkt ab. »Wenn ich Demeter-Schwein auf die Speisekarte setze und dafür 25 Euro verlange, und daneben ein Schweineschnitzel für 18 Euro schreibe, kann ich das Demeter-Fleisch am Abend selber essen.«

»Und so ist es doch auch bei den Fischen«, gibt sich Ellegast als Tierfreund, »was haben wir schon Biozucht angeboten, Bio-Lachs oder selbst Bio-Saiblinge aus der Region. Ich habe alles versucht, aber die Leute wollen keine fünf Euro für einen toten Fisch ausgeben.«

»Und wie wäre es mit Bio-Felchen aus der Zucht?«

»Vergiss es, die Viecher sind zu empfindlich, das kriegst du nicht hin. Und ich sage dir: Das wollen die Leute nicht, die wollen Bodenseefelchen, das ist alles, was sie interessiert. Warum auch immer, du kannst ihnen auch irgendeinen anderen Fisch vorlegen, die meisten haben sowieso keine Ahnung, es ist nur die Marke! Du hast selbst schon die krüppligsten Gardaseefelchen hier als Bodenseefelchen verkauft, wer merkt das schon? Einmal kurz in Bodenseewasser getauft und gut ist.«

»Mach's doch wie die Schwarzwälder Schinkenbauern«, lacht Ochsner, »die haben sogar ihren Betrug patentieren lassen. Die machen Schwarzwälder Schinken ohne eine einzige Schwarzwaldsau.«

»Wir sind dran«, wird Ellegast ernst, »wir werden bald das Patent für die Marke Bodenseefelchen in der Hand haben, unser Europaabgeordneter hat in Brüssel die Weichen dafür gestellt. Wir definieren, was ein Bodenseefelchen ist. Wenn wir die Marke eingetragen haben, ist jedes Felchen, das wir am Bodensee filetieren, ein Bodenseefelchen.«

Ochsner lacht und schüttelt den Kopf: »So einfach wird es nicht sein«, zweifelt er.

»Warum nicht?«, gibt sich Ellegast zuversichtlich. »Im Schwarzwald zaubert ein Großmetzger aus 750.000 Schweinen aus aller Welt über Nacht 1,500.000 Schwarzwälder Schinken, und nicht eine Sau stand bei irgendeinem gottverdammten Schwarzwälder Bauern im Stall. Die Schweine kommen alle aus Niedersachsen, Belgien und Holland. Geh auf die Homepage von Abraham, dem Schinkenspezialisten. Unter einem Gutacher Bollenhut erzählt er dir was von Schwarzwälder Schinken und geschützter geografischer Angabe, doch wenn du es genau liest, wird dir klar, keine Sau kommt aus dem Schwarzwald, nicht einmal gesehen haben sie ihn, denn geschlachtet wurden sie auch sonst wo.«

»Und das soll Schwarzwälder Schinken sein?«, zweifelt der Bodensee Gastronom.

»So wie deine Felchen aus Sibirien Bodenseefelchen sind, wenn du sie hier bearbeitest. Der Unterschied liegt in der Herstellung, die Produktionsvorgaben müssen stimmen! Sie müssen die regionaltypische Art der Herstellung sichern. Das heißt, wir filetieren die Felchen nach alter Sitte mit einem scharfen Messer und mit Bodenseewasser von Hand. Punkt.«

Peter Ochsner staunt und schaut in die Runde seiner Köche, die alle verstummt sind, um Ellegasts neuen Ideen zuzuhören. »Du meinst, wenn du irgendeinen Fisch von weiß der Kuckuck woher hier am Bodensee bearbeitest, dann ist es ein Bodenseefisch? – Ha, ha, niemals!«

»Wie auch der Schwarzwälder Schinken, der schon geschlachtet in den Schwarzwald geliefert wird«, gibt sich Ellegast überzeugt, »erzeugt werden die Hinterschinken wer weiß wo, aber hergestellt, das heißt gesalzen und geräuchert, das wird der Schinken im Schwarzwald, thats's all!«

»Und wie machst du das mit den Felchen, willst du sie alle räuchern?«

»Quatsch, sage ich doch, wir vergeben das EU-Siegel und wir schreiben, was geschützte geografische Angaben bedeuten. In unserem Fall muss der Fisch filetiert und zubereitet werden nach alter Tradition und Sitte der ›Fischerin vom Bodensee‹.«

»So, wie es Gerdi will«, rutscht es Max, der in der Zwischenzeit ebenfalls in die Küche gekommen ist und staunend zugehört hat, heraus.

»Wer ist denn bitte die ›Fischerin vom Bodensee‹?«, winkt Ellegast arrogant ab. »Ein alter Hollywoodstreifen vom Bodensee, wie die Bollenhüte im Schwarzwald. Genau das müssen wir verkaufen!«

»Bewusste Irreführung, könnte man sagen«, wagt Max noch anzumerken, »das checkt doch kein Gast.«

»Du Blitzmerker«, lacht Ochsner, »soll er auch nicht.«

»Bist du der kleine Max aus dem Haus von Gerdis Nachbarschaft?«, fällt ihm Ellegast ins Wort. »Dir habe ich damals das Schlagzeugspielen beigebracht und jetzt tröstest du meine Frau?«

Max wird rot, verflucht seine Verfärbung und kontert frech: »Und Sie verkaufen jetzt Bodenseefelchen aus Ihrer eigenen Zucht, wieder eingefangen von ihr?«

»Was weißt denn du?«, stellen sich bei Ellegast die Haare auf, »du kümmerst dich um Dinge, die dich nichts angehen.«

»Ruhig Blut, die Herren«, beschwichtigt Ochsner, will aber doch wissen, woher die Felchen, die er eben kaufte, stammen.

»Sicherlich aus meiner Zucht, vermutlich ein Schwarm, den gestern diese ›Peta‹-Terroristen aus meinem Gehege gebombt haben und der bei Gerdi ins Netz geschwommen ist.«

»Na, dann ist doch alles gut!«, lacht Ochsner. »Max, geh raus und schreib auf die Tafel: *Frische Bodenseefelchen aus dem Netz der Fischerin vom Bodensee.*«

»Du bist ein Zigeuner«, lacht Nanni, »wie bist du nur an die Bombe gekommen?«

»Warum ich?«, fragt Andrei mit Unschuldsmiene, »ich bin ein Roma und kein Zigeuner! Und was, bitte, habe ich mit der Sprengung zu tun? Ich wusste bis heute gar nichts von einer Bombe in dem Fischgehege.«

»Red nicht drum rum. Hanni und ich haben gehört, wie du vorgestern, spät am Abend, mit dem Boot los bist. Dann haben wir gestern in deinem Zimmer geschnüffelt, nachdem wir von dem Einbruch in der Sprenghütte im Steinbruch gelesen haben.« Nebenbei, während Nanni auf Andrei einredet, fingert sie zwei leere Rohre unter ihrem wallenden Gewand hervor. »Die lagen unter deinem Bett mitsamt anderen Dingen wie diesem Zünder.«

»Sie selbst haben doch gesagt, man müsste die ganze Anlage in die Luft sprengen«, gibt Andrei hilflos sein Leugnen auf, »Sie waren sich in der Sitzung alle einig, dass man die Fische befreien sollte. Sie beide und die Mädchen, alle!«

»Ist ja schon gut«, beruhigt Nanni Andrei und reicht ihm aus ihrem ledernen Zigarettenetui eine selbstgedrehte Zigarette. Auch sie steckt sich eine in den Mund und zündet mit einem Streichholz die beiden Glimmstängel an.

»Ich weiß«, sucht Andrei nach einer Ausflucht, »es war vielleicht nicht so klug, jetzt schwimmen Tausende verseuchte Felchen im See, das habe ich auch gelesen.«

»Nein, du hast dafür gesorgt, dass Tausende kleine Fische ein artgerechtes Leben führen dürfen, darauf kannst du stolz sein!«, lächelt sie Andrei an. »Ein Zuchtfelchen ist nicht weniger wert als ein Wildfelchen.«

»Einige sind leider draufgegangen«, widerspricht Andrei vorsichtig, »auch das habe ich gelesen.«

»Da stellt sich die Frage, ob solch ein Leben hinter Gittern lebenswert ist«, beruhigt Nanni den geständigen Täter und bläst den Rauch aus ihrer Lunge. »Fakt ist, dass Zuchtfelchen nie ihr Erwachsenenalter erreichen, vorher werden sie aus den Becken geholt und geschlachtet. Dabei willst du nicht sehen, wie brutal sie getötet werden. Sie bekommen eine über den Kopf geschlagen und werden in einem Automaten über ein scharfes Messer gezogen und aufgeschlitzt.«

Andrei nickt ihr zu, er liebt ihre entschiedene Stimme. Ob Nanni oder Hanni, die beiden Frauen wissen, was wir Menschen den Tieren schuldig sind, denkt er.

»Der Ellegast behauptet, die Gehege seien groß genug für die Felchen, aber das ist völliger Unsinn. Die Felchen schwimmen im Schwarm immer an den Platz, an dem das Wasser am kühlsten ist. Dort sammeln sie sich dicht gedrängt. Hinter den Gittern ist es für sie ein Leben wie in einem Konzentrationslager.«

Andrei sieht Nanni voller Bewunderung an. Okay, sie könnte seine Mutter sein, tiefe Furchen durchziehen ihr Gesicht, und ihre Haare sind längst nicht mehr blond, eher weiß, doch er ist völlig fasziniert von ihr. Er könnte ihren kleinen Mund mit den dünnen Lippen küssen. Alles, was sie sagt, bewegt ihn zutiefst. Ob sie weiß, dass auch er im Gefängnis saß?

»Wenn die Fische nicht stumm wären, würden wir Menschen sie niemals so behandeln. Wenn sie schreien könnten, würde der Überlinger See keine Ruhe mehr finden.«

Sie schnippt ihre Kippe achtlos weg und schaut Andrei tief in die Augen: »Was du getan hast, war gottgefällig. Wir wollen Stillschweigen darüber bewahren.«

Okay, freut sich Andrei und weiß, ihm ist verziehen, und sie hält dicht.

»Man sagt, im Keller des Gebäudes der Fischzuchtanstalt würden böse Dinge mit lebenden Felchen geschehen.« Nanni greift erneut zu ihrem Zigarettenetui und reicht auch Andrei eine weitere Zigarette. »Weißt du, dass man durch Genmanipulation Tiere deformieren kann?«

Mit langsamen Bewegungen gibt sie ihm Feuer und inhaliert den ersten Zug tief ein. »Andrei«, spricht sie seinen Namen mit intensiver Betonung aus, »wenn man in den Keller gelangen könnte, sollte man auch diese Fische dort befreien.«

Dann lacht sie unvermittelt, steht auf, schaut ihn im Gehen noch einmal kurz an und fügt hinzu: »Wenn man könnte, aber vergiss es …«

Max' Dienst ist zu Ende. Er schnappt sich sein Fahrrad und geht an der Promenade entlang. Es ist noch früh am Abend, er schaut über den dunklen See hinüber nach Wallhausen, wo die beiden genehmigten Fischgehege leicht zu erkennen sind. Ein warmer Südwind streicht ihm durch die Haare. Es ist Juni, die Schlagzeilen der Meteorologen toppen sich jedes Jahr aufs Neue. Der wärmste Juni seit Beginn der Wetteraufzeichnungen. Auch das Seewasser misst über 25 Grad. Wenn nur die scheiß Quallen nicht Überhand nehmen, denkt er. Allen Klimabedenken zum Trotz, liebt er die immer länger werdenden Sommer am Bodensee. Trotzig radelt er nach Hause, stellt sein Fahrrad ab und springt von Gerdis Steg ins Wasser.

Nach ein paar Zügen unter Wasser dreht er seinen Körper in die Rückenlage und paddelt genüsslich, mit Blick zum Ufer, weiter auf den See hinaus. Wäre er nur unter Wasser geblieben, denkt er, so aber sieht er den Streifenwagen den Uferweg entlangfahren und genau vor seinem Haus parken. Zwei uniformierte Polizisten steigen aus und gehen auf das Haus zu.

Max dreht ab und krault zurück. Er braucht ein paar

Minuten, bis er sich auf Gerdis Steg stemmt und sieht, wie die beiden Polizisten wieder in ihr Auto einsteigen wollen. Ein Pfiff von ihm, und sie schauen in seine Richtung. Max winkt ihnen zu und wartet, bis sie ihm entgegenkommen. »Was wollten Sie von mir?«, fragt er.

»Nur ein paar Antworten«, sagt der eine Beamte, »wenn Sie der sind, den wir suchen.«

»Ich habe beim Schwimmen keinen Ausweis dabei«, lächelt Max, »aber sie wollten mich gerade besuchen, ich wohne in der alten Hütte«, sagt er und zeigt auf das Seehaus.

»Alte Hütte in top Lage«, weiß der Polizist, »gratuliere, hier würde ich auch gerne wohnen.«

Max hat keine Lust auf Smalltalk. »Was wollen Sie von mir?«, fragt er ein zweites Mal forsch.

»Unsere Kollegen haben Sie bereits besucht, nachdem Sie ganz zufällig in Meersburg im Wald Pilze suchten, während bei Ellegast die Fischfabrik brannte.«

»Das war doch seine eigene Schuld, wie man aus dem Polizeibericht im ›Südkurier‹ erfahren konnte«, kontert Max cool.

»Dagegen dürfte die Rohrbombe nicht seine Schuld gewesen sein«, reißt der zweite Beamte das Gespräch an sich.

Max zuckt nur mit den Schultern: »Das muss ich nicht aufklären«, schmunzelt er frech.

»Stimmt. Aber Sie wollen uns nicht weißmachen, Sie wären wieder Pilze sammeln gewesen, oder?«

»In Wallhausen, auf dem Wasser?«, hält sich Max weiterhin bedeckt und fragt sich, warum sie ihn zu dem Anschlag befragen wollen.

»Waren Sie zur Tatzeit in Wallhausen? Ja oder nein?«, insistiert der zweite Beamte weiter.

»Ist das ein Verhör?«, gibt Max unsicher zurück.

»Es kann schnell eines werden, wenn Sie unsere Fragen weiterhin nicht beantworten wollen«, wird der zweite Beamte ungehalten, »also waren Sie vorgestern Abend in Wallhausen? Ja oder nein?«

»Sie scheinen Genaueres zu wissen«, versucht Max, im Ungefähren zu bleiben, »also, was wollen Sie?«

»Von Ihnen hören, was Sie zur Tatzeit in Wallhausen gemacht haben.«

»Woher wollen Sie wissen, dass ich zur Tatzeit in Wallhausen war?«, stellt sich Max weiterhin stur.

»Mein lieber Herr, zuerst haben wir Sie im Wald in Meersburg während des Brandes überprüft, und jetzt haben Sie sich während des Bombenanschlags in Wallhausen aufgehalten. Wir haben nicht nur Ihr Auto auf dem dort überwachten Parkplatz in einer Aufzeichnung gesehen, sondern das Video zeigt auch, wie Sie am Abend den Wagen abstellen und erst am nächsten Morgen wieder abholen.«

»Puhhh!«, lässt Max erst mal Luft ab. Er weiß nicht, was er jetzt auf die Schnelle sagen soll. »Sieht aus wie eine nächtliche Affäre«, sucht er nach Ausflüchten.

»Ich denke, wir sollten Sie doch zu einem Verhör vorladen und Ihre Aussagen protokollieren«, will der erste Polizist das bisher für sie erfolglose Geplänkel beenden.

Der zweite Polizist nimmt eine Leine, die am Steg liegt, in die Hände und wirft sie Max zu. »Knoten Sie doch bitte mal einen Palstek. Sie haben doch das Schifferpatent oder nicht?«

»Okay«, gibt sich Max geschlagen, schließlich werden sie bei ihm keine Hinweise für den Bau einer Rohrbombe finden. Also erzählt er, was er gesehen hat, allerdings ohne sein genaues Wissen über die Mitglieder der Sprayergruppe, die er beobachtet hat, zu verraten. »Ich wollte mir das Gehege von der Nähe ansehen, nachdem ich jeden Tag die Felchen daraus serviere. Dann bin ich zur Erfrischung in den See gestiegen. Ja, von der ›Seeperle‹ aus. Doch kaum war ich im Wasser, gab es eine Explosion, ein Motorboot raste davon und ich habe mich aus dem Staub beziehungsweise aus dem Wasser gemacht.«

Kaum ist der Wagen der Polizisten vom Uferweg verschwunden, geht Max zu Gerdi hinüber und klopft bei ihr an. Die Tür ist nur angelehnt, er geht hinein und trifft sie beim Abendessen.

»Ich habe dich und die Polizisten gesehen, was wollten sie von dir?«, fragt sie sofort besorgt.

»Du bist heutzutage nirgends mehr sicher, Orwell war gestern, heute ist der Überwachungsstaat in jeder Ecke, selbst auf dem dunklen Parkplatz in Wallhausen«, redet sich Max seinen Frust von der Seele. Dann erzählt er Gerdi der Reihe nach, was er der Polizei von seinem Erlebnis in der Nacht des Sprengstoffanschlags in Wallhausen verraten hat. Ihr erzählt er bedenkenlos von seinem Besuch bei Lena beziehungsweise Lisa in Konstanz.

Gerdi fragt interessiert nach, aber ohne zu verraten, dass Lena ihre Tochter ist. »Glaubst du, diese Lisa oder die Sprayer haben etwas mit der Sprengung am Netz zu tun? Denkst du, die gehören zusammen?« Das ist ihre drängendste Sorge.

Max fällt Gerdis Interesse an Lena nicht auf. »An solch einen Zufall will man doch nicht glauben«, schätzt er den Tatabend gelassen ein, »es passt alles wie die Faust aufs Auge. Im See fliegt das Gehege in der Nacht in die Luft – und am nächsten Morgen findet sich an Land die Anklage: Ellegast hält Felchen wie Zuchthausfische.«

»Ich befürchte es auch«, murmelt Gerdi zunehmend besorgt.

»Warum, ist doch egal«, winkt Max ab, »so sind diese Tierschützer und Körnerfresser. Du solltest die Bude von den beiden Weibern sehen, nur Tierbilder an den Wänden und Bücher über Tiere, Tierzucht und Tierversuche. Da musst du zu einem heiligen, eifernden Täter werden.«

Gerdi beißt sich auf die Zunge. Max muss nicht wissen, dass Lena ihre Tochter ist, er soll lieber sie über ihre Tochter auf dem Laufenden halten. Wenn herauskommt, dass Lena mit den Tätern tatsächlich unter einer Decke steckt, dann will sie die Reaktion ihres Mannes nicht erleben.

Max erzählt Gerdi von Ellegasts Plänen, die Marke Bodenseefelchen von der EU schützen zu lassen. »Stell dir mal vor, er will das Siegel allen Felchen geben, die er am Bodensee filetiert. ›Herstellung der Bodenseefelchen-Filets‹ nennt er amtlich die gültige Bezeichnung und sein EU-Gütesiegel, das will man nicht glauben!«, echauffiert sich Max, »dann braucht er kein Gehege im See mehr. Er verkauft seine Felchen aus Finnland und darf sie ganz offiziell Bodenseefelchen nennen.«

»Das ist Quatsch, das glaubt ihm doch niemand«, stößt Gerdi einen eher verzweifelten Lacher aus.

»Warum?«, fragt Max. »Weißt du, dass Schwarzwälder Schinken nicht von Schwarzwälder Schweinen stammt?«

»Nun ja, nach dem Bauernsterben gibt es fast keine Schwarzwälder Bauern mehr, woher also sollen die Schwarzwälder Schweine stammen?«

Jetzt lacht Max bitter. »Wenn der Felchenfang sich so weiterentwickelt, gibt es bald auch keine Bodenseefischer mehr.«

Ich werde dein Patent nie übernehmen, hört Gerdi ihre Tochter sagen, als sie ihr – und allen Berufsfischern – am Tag zuvor ein unsachgemäßes Schlachten der Tiere vorwarf. Schnell schüttelt sie diese Gedanken ab und fragt Max: »Wie weit ist Martin mit seinem Markeneintrag *Bodenseefelchen*?«

»Er hat von einem Abgeordneten in Brüssel gesprochen, der die richtigen Weichen zu stellen wüsste.«

»Ja, das kann er, das hat er schon in Stuttgart bewiesen, wie schnell er die Genehmigung für seine Gehege bekam«, überlegt Gerdi.

Dass sie weiter überlegt, wie sie ihm zuvorkommen könnte, verrät sie Max nicht. Sie sagt nur: »In einem mag er recht haben: Der See ist so warm, das gefällt unseren Felchen wirklich nicht.« Dann lacht sie: »Eine kleine Eiszeit, und wir könnten sie wahrscheinlich wieder mit den Händen fangen.« Auch einen weiteren Gedanken behält sie für sich. Morgen will sie ins Allgäu zu einem alten Kollegen bei Immenstadt fahren, dort liegt der Alpsee auf über 700 Meter Meereshöhe und wird ständig mit frischem Kaltwasser aus den Voralpen gespeist. Zu Max aber sagt sie: »Will der Martin das Gehege aufgeben, wenn er Felchen aus sonst woher als Bodenseefelchen verkaufen kann?«

»Keine Ahnung«, winkt Max ab, »dem Ochsner ist es egal, woher Ellegast seine Felchen bezieht, ihm ist nur wichtig, dass ich Bodenseefelchen auf die Speisekarte schreiben kann.«

»Man müsste wissen, was Martin vorhat, ich kann mir nicht vorstellen, dass er die Gehege wieder abbauen wird. Man munkelt, er will auch im Untersee weitere Gehege errichten, dort entnimmt die Bodenseewasserversorgung kein Trinkwasser, und auch die Ausscheidungen werden dank dem Rheindurchfluss schneller abgeführt.«

»Warum fragst du ihn nicht selbst, er war doch heute bei dir?«, wird Max endlich die Frage los, die ihn belastet.

»Wir streiten nur noch, ich bin nicht umsonst hierhergezogen«, wird Gerdis Stimme leise und sanft.

»Und eure Tochter, die heißt doch auch Lena?«

»Die hat damit am wenigsten zu tun, sie studiert in Konstanz und will, so wie es aussieht, an der Uni bleiben.« Dann schaut sie Max kritisch an, doch er scheint tatsächlich ahnungslos zu bleiben. Deshalb fragt sie ebenso harmlos: »Und deine Lena und Lisa, haben die weitere Aktionen vor?«

»Ich habe nur mit Lisa gesprochen, und die scheint mir wenig von dem Anschlag in der Nacht gewusst zu haben, selbst zu der Sprayaktion gab sie sich mir gegenüber ahnungslos. Ich denke, dass diese Lena eher mit den Tätern unter einer Decke steckt. Und Njoschi ist lediglich ein blinder Mitläufer, der Lena nur flachlegen will«, überlegt Max laut. »Dabei weiß ich nicht, ob die tatsächlich so gut aussieht, ich habe sie zweimal nur schemenhaft gesehen und einmal eigentlich nur ein paar blonde Locken.«

»Und Lisa?«, fragt Gerdi.

Max lässt einen anerkennenden Pfiff ertönen. »Wohlproportioniert«, lacht er und deutet mit ausgebreiteten Händen große Brüste an, »und eine süße Stupsnase mit vielen Sommersprossen.«

Gerdi steht auf und holt eine Flasche Müller-Thurgau aus dem Kühlschrank. Mit kühlen Gläsern stoßen sie an, und Gerdi sagt: »Auf Lisa, du solltest sie nochmal treffen.«

Max nickt und antwortet: »Oder auf Lena, sie scheint die schärfere der beiden zu sein.«

8.

Dafür braucht es kein Betriebswirtschaftsstudium. Doppelt so schnelles Wachstum heißt doppelte Produktion, heißt doppelter Gewinn. Mit seiner neuen Felchenzuchtstation bei Wallhausen hat Ellegast das ideale Versteck für verbotene Forschungsversuche gefunden. Der amerikanische Forscher Jeff Boston war in den Staaten ein kleines Licht, aber er hat bei den ersten Genmanipulationen von Fischen an den Great Lakes, beim Superior Sea, mitgewirkt. Den Forschern ist es tatsächlich gelungen, schnell wachsende Felchen zu züchten. Der Trick war die Kombination von kanadischen Felchen mit einer Aalmutter. »Da hätten wir auch draufkommen können«, lacht Ellegast, »unsere Felchen sind zu temperaturanfällig. Der Aal fühlt sich sowohl in kalten Alpenseen als auch in der warmen Sargassosee in der Karibik wohl.«

Ellegasts Traum ist es, Felchen zu züchten, die nicht nur schneller wachsen, sondern sich gegenüber den gängigen Krankheiten resistent erweisen und von Anfang an ein Leben in Zuchtbassins gewohnt sind. »Dann braucht es keine Antibiotika oder andere Medikamente. Das ist die Rettung des Sees und der Natur!« Deshalb hat er kein schlechtes Gewissen, Jeff Boston zu überreden, an den Bodensee zu kommen. Er hat ihm ein Labor eingerichtet und eine hohe Erfolgssumme angeboten. »Macht euch die Erde untertan!«, spielt Ellegast Gottes Stellvertreter am Bodensee.

Doktor Simon verfolgt das Treiben des amerikanischen Kollegen in seinem extra eingerichteten Labor im Keller mit Argwohn. »Damit habe ich nichts zu tun, das kann ich mir nicht leisten«, macht er seinem Chef Ellegast klar, »wenn mein Name in Zusammenhang mit Jeff Boston erwähnt wird, kann ich in Europa einpacken.«

»Überschätzen Sie ihre Fähigkeiten nicht«, schmunzelt Ellegast. »Ich bezahle dem Ami nicht umsonst das Fünffache Ihres Jahresgehalts. Aber ich stelle Ihnen frei, sich auf die Gesundheit der Felchen in den Gehegen zu beschränken, und wenn Sie wollen, helfe ich Ihnen bei der Gründung einer Tierarztpraxis am See, sodass Sie nach außen völlig selbstständig arbeiten können. So haben Sie einen unabhängigen Status bei der Betreuung unserer Felchen, das könnte uns wie auch Ihnen helfen.«

Doktor Simon atmet erleichtert auf und bleibt nach dem Gespräch tagelang verschwunden. Ellegast und Jeff Boston ist es recht, er hat sich die Biologiestudentin Lisa zu seiner Assistentin erkoren. Ellegast verspricht ihr ein gutes Honorar und verpflichtet sie zu Stillschweigen. Doch seither fühlt sie sich nicht mehr wohl bei ihrer Arbeit. Ihre innere Unruhe wächst, je klarer Jeff Boston seine ersten Erfolge feiert. Sie staunt, als Jeff Boston die Erbanlagen der Aalmutter mit einigen Versuchsfelchen zusammenführt. »So schaffen wir schnell die ersten temperaturresistenten Felchen, die auch eine Klimaveränderung überleben«, verspricht Jeff großspurig seinem Chef Ellegast.

Lisa dagegen traut dem US-Forscher nicht über den Weg, sie hat den Verdacht, dass er verbotenerweise genmanipulierte Felchen aus den USA eingeschleust hat. Vor Wochen hatte sie sich gewundert, warum Jeff sich Kois von einem internationalen Lebendfischhändler aus den Staaten schicken ließ. Sie hat die Kartons gesehen. »Live-Fish« stand dick in roter Schrift darauf geschrieben und: »Koi-Farm«. Aber einen Koi hat sie bis heute nicht in seinem Labor gesehen, dafür in neuen Aquarien auffallend große Felchen. Die Blaufelchen des Bodensees werden maximal 35 bis 40 Zentimeter groß. Die Felchen in Jeffs Aquarien scheinen dagegen fast einen halben Meter lang zu sein. Doch der spitze Kopf, der schlanke Körper, der weißlich-silberfarbene Rücken lassen keinen Zweifel, dass es sich um Felchen handelt.

Jeff erklärt ihr, die Felchen seien aus Ellegasts Farmen aus Finnland. Sie glaubt ihm nicht und hat seither keine Ruhe.

Andrei wundert sich, wer so spät die alte Glocke vor dem Hoftor zieht. Nicht einmal, sondern mehrmals hintereinander, schnell und schrill. Es gefällt den beiden Damen, wenn er, wie wohl in früheren Zeiten ein Pförtner, heute als Portier fungiert und zuerst durch das schmiedeeiserne Tor schielt, bevor er es öffnet. Er könnte in seinem Gärtnerhäuschen auch den Monitor einschalten, dann würde er dank einer kleinen Kamera am Hoftor erkennen, wer um diese Zeit noch die beiden Damen Hanni und Nanni besuchen will. Doch er geht, wie von den Frauen gewünscht, lieber direkt ans Tor und schaut den Besucher persönlich an.

Zunächst kann er die Person nicht erkennen, sie steht zwar direkt vor dem Tor, aber genau im Lichtkegel ihres Autos, das ihn blendet. Doch dann hört er eine Stimme: »Andrei, schlafen meine Tanten schon? Ich muss dringend mit ihnen reden.« Und er weiß, es ist die schöne Lena aus Konstanz.

Schnell öffnet er die beiden großen Torflügel, und Lena fährt mit ihrem kleinen Mini über die knirschenden Kieselsteine in den Hof.

Eilig schließt er das große Tor und läuft dem Wagen hinterher. Er erinnert sich gut an die junge Frau. In der letzten Zeit war sie öfters zu Besuch, sie fehlt bei keinem der Treffen der »Peta«-Gruppe. Er würde ihr gerne galant die Wagentür öffnen und sie in das Foyer führen. Doch bis er an ihrem Mini ankommt, ist sie schon ausgestiegen und grüßt ihn wie einen alten Freund: »Hoi, Andrei, hat du noch Dienst?«

»Ich habe immer Dienst«, lacht Andrei und fügt galant hinzu, »aber nicht immer kommt so netter Besuch.«

Lena hatte bei Andrei einen tiefen Eindruck hinterlassen, als sie sich bei dem vergangenen Treffen lautstark für die Felchen und gegen ihre Gefängnisse stark gemacht hat. Sie hat gesagt, man müsse sie befreien, und er hat es getan! Ob er ihr das jetzt sagen sollte?

»Sind meine Tanten oben?«, fragt Lena, die inzwischen das Foyer erreicht hat und auf die große Treppe mit den roten Läufern zusteuert, um in die obere Etage hochzusteigen.

Andrei beeilt sich, er will vor Lena hergehen und sie bei Nanni und Hanni anmelden. Doch Lena wartet nicht, sie geht schnurstracks nach oben und steht auch schon im Wohnzimmer, in dem Hanni und Nanni sitzen. Benno, der Hund, springt auf und bellt. Lena tätschelt ihm den Kopf, um ihn zu beruhigen. Andrei kommt hinterher und schaut entschuldigend in den düsteren Raum zu den beiden Frauen.

»Schon in Ordnung, Andrei«, sagt Nanni, »machst du uns einen Tee?«

Andrei kommt der Bitte gerne nach, heißt das doch, dass er gebraucht wird und bleiben darf. Schnell zieht er sich in die Küche zurück und setzt Wasser auf. Er beeilt sich, er will nicht verpassen, warum Lena so spät am Abend unangekündigt auftaucht.

Um diese Zeit mögen die Damen Kräutertee, das weiß Andrei. Schnell gibt er zwei Teelöffel in das Sieb der alten Silberkanne und gießt heißes Wasser darüber.

Mit der Teekanne, drei Tassen und einer Zuckerdose auf dem Tablett kommt er zurück in das Zimmer und hört gerade noch, wie Lena sagt: »Wir haben es bisher nur vermutet, aber jetzt ist es sicher, die pfuschen der Natur ins Handwerk! Sie experimentieren mit lebenden Fischen, das muss man sich vorstellen, wie Frankenstein!«, echauffiert sie sich. »Morgen schon können diese Monster im See schwimmen, wenn wir dem nicht sofort Einhalt gebieten!«

Auch Nanni und Hanni scheinen sehr aufgebracht zu sein. »Wie furchtbar«, quittiert Hanni Lenas Ausführungen, »das hätte ich Martin niemals zugetraut, dass er sich an Gottes Geschöpfen vergeht.«

»Genmanipulation!«, schreit Nanni schrill. »Ich dachte bisher, das gäbe es nur bei den Amerikanern und Chinesen, aber nicht bei uns am Bodensee. Wir müssen Martin stoppen, sofort!«

Andrei stellt das Tablett auf den hölzernen Couchtisch, der noch aus der Gründerzeit stammt. Nanni und Lena sitzen auf einer Couch aus der Jugendstilzeit, und Hanni thront auf einem Wiener Barocksessel mit Armlehne. Sie gibt Andrei ein Zeichen, den Tee in die Tassen einzuschenken. Andrei gehorcht und zieht sich wieder zurück, bleibt aber wie ein Lakai an der Tür stehen.

»Ich habe mir das auf der Herfahrt lange überlegt«, spricht Lena weiter, »was wollen wir tun? Wenn wir zur Polizei gehen, werden die ein höfliches Gespräch mit meinem Vater führen, er wird sie beruhigen, und wenn sie tatsächlich das Gelände in Augenschein nehmen wollten, hätte Papa in Windeseile das Labor abgebaut, und dieser zwielichtige amerikanische Wissenschaftler würde wahrscheinlich in Finnland für Papa weiterforschen.«

»Wir müssen dieses ungeheuerliche Verbrechen sofort verhindern«, fordert Hanni, »da bleibt keine andere Wahl.« Während sie spricht, schaut sie zu Andrei und sieht zufrieden, wie dieser seine Ohren spitzt. »Es braucht einen mutigen Mann wie vergangene Woche zur Befreiung der Felchen, das war die Antwort, die Martin versteht!«

Zu Lena gewandt sagt sie: »Mädchen, wir werden eine Lösung finden, das ist nicht deine Aufgabe, wir wissen jetzt Bescheid. Danke, dass du uns informiert hast, weiß denn deine Mitbewohnerin, dass du ihre Erkenntnisse an uns weitergibst?«

»Erstens ist das gleichgültig«, antwortet Lena, »und zweitens denke ich, dass sie es ahnt und somit ihr Gewissen entlastet.«

Jeden Morgen das gleiche Ritual. Lisa, die früher gerne zur Fischfarm nach Wallhausen fuhr, muss sich zwingen, das Bett zu verlassen. Früher stand sie meist fröhlich auf, ging ins Bad und drehte die Dusche auf. Seit sie weiß, mit welchen Mitteln Ellegast seine Felchenschwärme füttert und welche Rückstände von Medikamenten und Mikroplastikteilchen die Untersuchungen des Seewassers ergeben haben, will sie an all den Dreck, der über ihre Haut und in ihre Augen läuft, gar nicht denken.

Gerade hat die medizinische Fakultät der Uni Wien vorgerechnet, dass jeder Mensch in einer Woche die Menge einer Kreditkarte an Mikroplastik zu sich nimmt. Sie kennt genügend Untersuchungen, bei denen Mikroplastik in Fischen gefunden wurde. Man sollte keine Fische essen und auch kein Bodenseewasser trinken, denkt Lisa und dreht den Wasserhahn ab.

Sie kommt sich hilflos und ausgeliefert vor. Sie ist gerade Anfang 20, im vierten Semester. Biologie war schon immer ihr Lieblingsfach. Sie ist in einem kleinen Ort auf der Schwäbischen Alb aufgewachsen. Ihr Vater ist Förster und hat sie schon als kleines Mädchen mit auf die Jagd genommen. Er hat ihr den natürlichen Kreislauf in Wald und Flur gezeigt. Mein Gott, war das eine behütete Welt, sehnt sie sich heute nach dieser Zeit. Jetzt ist alles anders. War es ein Fehler, Lena von Ellegasts Versuchslabor zu erzählen?, fragt sie sich.

Ihr Herz beruhigt sich kaum, sie hat das Gefühl, es pocht immer heftiger, je mehr sie an ihre Arbeit denkt. Sie kann nicht mehr. Fragwürdiges Futter, mehr Medikamente als offiziell zugegeben, Antibiotika und jetzt auch noch genmanipulierte Felchen, sie musste mit jemandem darüber reden. Aber ob Lena die richtige Vertrauensperson ist? Ist sie zur Verräterin geworden? Aber andererseits hätte sie, wenn sie weiterhin schweigt, ihre Ideale verraten. Natürlich war es illoyal gegenüber Ellegast und Jeff, aber was immer Lena mit ihrem Wissen anstellt, sie hat gesagt, was gesagt werden musste. »Whistleblower sind Menschen, die Missstände aufdecken, die für die Allgemeinheit von Bedeutung sind«, sagte Lena gestern und nahm sie in die Arme.

Doch heute Morgen geht es Lisa nicht besser. Sie spürt ihre innere Unruhe wachsen, ihr Herz pocht, als würde es sie warnen, dass heute noch irgendetwas Unvorhergesehenes passiert.

Langsam trocknet sie sich ab. Gerne würde sie mit Lena frühstücken, um nicht allein zu sein. Sie hat gehört, wie Lena gestern, nach ihrem Gespräch, die Wohnung verließ. Lisa klopft an Lenas Zimmertür. Nichts bewegt sich, sie öffnet die Tür, Lenas Bett ist unberührt, sie ist offensichtlich die ganze Nacht über weggeblieben.

Sie stellt Kaffeewasser auf. Gut abkochen, denkt sie. Wie konnte es so weit kommen? Früher galt das Bodenseewasser für ihre Eltern auf der Alb als ein Segen. Der Anschluss an die Bodenseewasserversorgung wurde gefeiert. Ihr eigenes Wasser war sehr kalkhaltig und oft durch die Überdüngung der Felder belastet. Als Kind konnte sie manchmal am Morgen beim Zähneputzen im Leitungswasser riechen, wann die Bauern Gülle ausgeführt hatten. Und heute? Das Bodenseewasser aus dem Wasserhahn riecht nach wie vor unbelastet, aber sie weiß leider, dass die Rückstände heute zwar nicht riechen, aber deshalb nicht weniger giftig sind.

Lisa ist während ihrer Zeit bei Ellegast klar geworden, dass Chemie und Medikamente den Tieren vielleicht zunächst helfen, schnell zu wachsen, aber die Massentierhaltung andere Probleme schafft. Im Grunde sieht sie nur eine Lösung: Wenn schon Fischzucht, dann muss diese Zucht in einem geschlossenen System stattfinden. Die Felchen müssen von dem natürlichen Leben des Wassers abgeschirmt sein beziehungsweise: Die Natur muss von den Zuchtfelchen abgeschirmt werden.

Seit dies Lisa klar ist, verachtet sie ihre Arbeit. In der Theorie lernt sie an der Universität, wie der natürliche Kreislauf funktioniert, in ihrem Praktikum schüttet sie ätzende Desinfektionsmittel und fragwürdiges Futter in die Gehege, und jetzt weiß sie auch noch von den Genmanipulationen bei Ellegast.

Nein, es war richtig, dass sie Lena alles über das Treiben in der Felchenzuchtanlage verraten hat. Nur hat sie jetzt ein schlechtes Gewissen und Angst, was nach dem ersten Anschlag auf eines der Gehege als Nächstes passieren kann …

Die Positionslichter sind eingeschaltet. Backbord rot, Steuerbord grün. Im untertourigen Bereich blubbert der V8 leise über die Fährrinne zwischen Meersburg und Konstanz aus dem Obersee in den Überlinger See hinein. Andrei wirkt völlig entspannt, er weiß, was er zu tun hat. Auf dem Rücksitz der »Riva« liegen ein großes Beil, ein Brecheisen, ein Benzinkanister und eine Stirnlampe, die er sich gleich aufsetzen wird. Er weiß, es muss schnell gehen, aber jetzt raucht er noch genüsslich eine Zigarette. Langsam, in gebührendem Abstand, lässt er sein Motorboot am Wallhauser Ufer vorbeigleiten. Rechts von ihm liegen die Felchengehege, links Ellegasts Gelände. Die Anlage wirkt wie ausgestorben. Andrei tuckert vorsichtig daran vorbei.

Keine 100 Meter weiter, kurz vor dem Teufelstisch, dreht er das Boot, macht den Motor und die Positionslichter aus und greift zu einem Nachtsichtfernglas und lässt seinen Blick über das Gelände streifen. Alles wirkt ruhig und verlassen. Kein Licht brennt. Langsam spürt er seine Anspannung.

Er greift zu dem hölzernen Paddel, das immer auf dem Boden des Bootes liegt, und rudert mit langsamen, geräuschlosen Schlägen zurück Richtung der Anlage.

Es ist eine laue Nacht, der Halbmond scheint ausreichend, sodass Andrei den Steg erkennen kann. Seit er bei Hanni und Nanni wohnt, hat er sich mit dem Boot vertraut gemacht; professionell legt er an, nimmt die Leine in die Hand und macht das Boot für einen schnellen Start fertig. Er weiß, nach dem, was er vorhat, muss er schnell flüchten.

Er zieht die Stirnlampe über seinen Kopf, schaltet sie aber noch nicht ein. Er nimmt das Beil in die linke Hand und das Brecheisen und den Kanister in die rechte. Zehn Liter hat er abgefüllt. In seiner Hosentasche hört er bei jedem Schritt seine Streichhölzer klappern. Er geht vom

Steg auf das Gelände, an einem kleinen Gebäude vorbei und drückt sich an der Wand eines langen Gebäudes entlang bis zu dem hinteren Lagerhaus.

Wie nebenbei, als ginge es ihn nichts an, haben Hanni, Nanni und Lena ausführlich die Lage der verschiedenen Gebäude erklärt. Sodass er genau weiß, wohin er sich zu halten hat. Im Keller des hinteren Gebäudes muss der amerikanische Frankenstein sein Labor eingerichtet haben, nur darauf hat er es abgesehen.

Er steht jetzt vor dem großen Tor der Halle, in der früher die Boote der ehemaligen Werft gelagert wurden. Noch immer lässt er seine Stirnlampe aus, dafür stellt er den Kanister ab und hebt mit beiden Armen das Beil hoch. Mit aller Wucht schlägt er rücksichtslos mitten in das Holz der Tür. Schnell holt er erneut aus, bis das Holz sich spaltet. Dann setzt er das Brecheisen an und stemmt die Tür damit auf.

Mit einem Schritt steht er in dem Gebäude, greift nach dem Kanister, knipst seine Stirnlampe an und sucht den Weg in den Keller. Dabei muss er eine zweite Türe öffnen. Doch auch sie hält seiner Gewalt nicht lange stand. Vorsichtig geht er die Steintreppe hinunter.

Dann hat er es geschafft, doch zunächst sieht es für ihn wenig spektakulär aus. Der Kellerboden ist feucht, in einigen Wasserpfützen spiegelt sich seine Lampe. Zwei, drei Fischreusen liegen an der Seite, mehrere Bojen und Tauwerk.

Andrei tastet sich weiter in den Raum. In großen Kunststoffbehältern, groß wie Wassertonnen, sieht er mehrere Felchen schwimmen.

Er geht weiter und steht plötzlich in einem neuen,

weiß gefliesten hellen Raum. Hier schwimmen die Felchen in glasklaren Aquarien. Sauerstoffpumpen summen.

So etwas hatte Andrei bis dahin noch nie gesehen. Er steht in einem voll ausgerüsteten modernen Labor mit großen Stahlschränken, Arbeitstischen auf denen Mikroskope, Reagenzgläser und verschiedene Instrumente, die ihm alle unbekannt sind, stehen.

Seine Lampe spiegelt sich in Glastruhen, Stahlkühlschränken und Gefriertruhen. Andrei schaut sich um, er sieht kein Fenster und weiß, dass er Zeit hat. Bevor er sein Werk vollenden wird, will er alle Fische im See aussetzen. Die Aquarien kann er einzeln tragen, aber die Felchen in den großen Tonnen, die muss er in Eimer umsetzen.

Er beginnt mit den großen Fischen im hinteren Teil des Labors. Er hat, seit er am See ist, schon viele Felchen gesehen. Manchmal hat er den Fischern zugeschaut, wenn sie die Felchen aus ihren Booten an Land brachten. Er hat gehört, wie sie sich über die immer kleiner werdenden Fische beschwert haben. Doch die Felchen in den hinteren Aquarien, die sind wahrlich nicht klein, denkt er noch. So große Fische hat er noch nie im Bodensee gesehen. Sie scheinen über einen halben Meter lang zu sein, und schwer sind sie auch noch. Er muss sie zu fassen kriegen und kann nur immer einen nach dem anderen in einen großen Behälter umsetzen. Dann schleppt er Eimer für Eimer ins Freie.

Andrei beeilt sich. Jedes Mal, bevor er aus dem Gebäude tritt, macht er seine Stirnlampe aus, dann eilt er zu dem Steg und wirft die Fische und danach die

Aquarien einfach in den See. Nur die Eimer, in die er die kleineren Felchen aus den großen Tonnen gesetzt hat, leert er und eilt mit ihnen wieder zurück in den Keller, um die nächsten Felchen zu holen. Zum Schluss lässt er auch noch alle Aale frei.

Er weiß nicht, wie lange er gebraucht hat, aber erst, als er sicher ist, dass kein Fisch mehr in dem Labor zurück bleibt, schüttet er das Benzin aus dem Kanister durch den Raum, rennt dann zu der Kellertreppe, wobei er mit dem Benzin einen kleinen Weg markiert, stellt sich auf die oberen Stufen und wirft ein brennendes Streichholz in die Pfütze. Sofort fängt das Benzin Feuer.

Andrei will sich mit einem zweiten Streichholz eine verdiente Zigarette anzünden, stürmt aber, als er sieht, wie schnell sich das Feuer in dem Keller ausbreitet, aus dem Gebäude und sprintet die 100 Meter zum Steg.

Kurz schaut er sich um, noch ist nichts zu sehen. Ruhig liegt die Fischzuchtanlage im Dunkeln. Trotzdem macht er schnell die Leinen los, wirft den Motor der alten »Riva« an und fährt mit Vollgas davon.

Die Positionslichter lässt er ausgeschaltet.

Der Termin steht fest. Jeden zweiten Freitag treffen sich die Jazzfreunde Überlingens im »Bräustüble« im Keller des renommierten Hotel »Ochsen«. Das stattliche rote Gebäude in der Altstadt verbindet die Fußgängerzone mit dem Mantelhafen und der Promenade. Zwischen dem 300 Jahre alten »Ochsen«, der seit Generationen im Besitz der Familie Waldschütz ist, und dem Seerestaurant »Ochsner« am anderen Ende der Promenade reihen sich Restaurant an Restaurant, aber fast alle sind im Besitz von Italienern, Griechen oder anderen Gastronomen, die zwar manchmal auch mit Bodenseefisch werben, aber selten wirklich Felchen aus dem See anbieten. Woher auch?

Der »Ochsen« war früher auch eine Brauerei, aus dieser Zeit stammt das »Bräustüble« im Keller, das heute den Überlinger Musikfreunden als Jazzkeller dient. Das Kellergewölbe ist ein Zeugnis der Überlinger Kultur mit bemalten Bleiglasfenstern, Figuren der Überlinger Fasnacht und Alt-Überlinger Gesichtern, die an die Wände gemalt sind.

Das Restaurant gilt als die gute Stube der Überlinger, jeder Gast, der eintritt, wird zunächst von einem ehemaligen kartenspielenden Stammgast begrüßt. Die Skulptur wurde von dem Überlinger Kunsthandwerker Victor Metzger vor ein Abluftrohr gesetzt.

Während oben, in den noblen Gasträumen, auf höchstem Niveau geschlemmt wird, jammen unten im historischen Kellergewölbe die Jazzer. Max und Hanspeter lassen keinen Termin aus. Wenn die beiden zusammen auf der kleinen Bühne stehen, wird in Überlingen mit ausschließlich Posaune und Schlagzeug Jazz vom Feinsten geboten.

Verdient hätten die beiden mehr Zuhörer, doch deshalb muss Max eben kellnern. Hanspeter hat mit seinen Einnahmen als Immobilienhändler gut lachen. »Bring du deine leeren Flaschen weg, die bei dir rumstehen«, rät er Max, »dann hast du mehr Einnahmen als wir beide bei unseren Auftritten im ›Ochsen‹ zusammen.«

Max kann auf der Bühne alles um ihn herum als Perkussionsinstrumente nutzen. Schnell wird der Flügeldeckel zur Bass-Drum, während Hanspeter durch Beklopfen des Mundstücks seiner Posaune und stoßartiger Beatmung seinen Rhythmus hinzugibt. Die beiden genießen ihr Zusammenspiel und lassen sich den halben Abend gehen. Das Publikum geht mit, nur die Kasse, in die die Jazzfreunde freiwillig ihren Obolus bezahlen, ist meist bescheiden. »Die Überlinger sind halt doch Schwaben«, weiß Max, »und nur weil ein Karlsruher Badener aus einem Adelsgeschlecht von Napoleon den Landstrich am See bekam, müssen die Überlinger heute als Badener mit schwäbischen Wurzeln nicht plötzlich im dunklen Jazzkeller den Krösus spielen.«

Der Keller im »Ochsen« ist überschaubar. Die Künstler auf der Bühne haben direkten Kontakt mit den Gästen. Max kennt fast jeden persönlich. Während er spielt, schaut er immer wieder in den Raum und winkt einzelnen Zuhörern zu.

Lange dauert es nicht, dann hat er sie im Blick. Sie bahnt sich, trotz ihrer jungen Jahre mit stattlicher Figur, einen Weg durch die hintere Reihe, wo bereits Gäste stehen müssen. Er beobachtet, wie sie die große Sonnenbrille in ihr rotes Haar schiebt und ihn fest im Visier hat.

Ihm ist sofort klar, dass sie wegen ihm gekommen ist. Also will er sein Talent mit einer kurzen Kostprobe beweisen. Mit harten, schnellen Schlägen über die Stand-Toms wischt er Hanspeters leise Töne beiseite und reißt ein lautstarkes Solo an sich.

Hanspeter ist kurz verunsichert, schaut in das Publikum, sieht Lisa dastehen und schmunzelt. Er kennt sie nicht, aber er glaubt zu wissen, was seinen Freund anstachelt plötzlich Rashied Ali, wie zu seinen besten Zeiten neben John Coltrane, zu spielen. Und wie dieser zieht auch er sich unauffällig aus dem Rampenlicht zurück und überlässt Max die Bühne. Er legt die Posaune ab und mischt sich unter das Publikum.

»Nur eine schöne Frau im Saal, und schon zeigt Max, was er kann«, schreit er Lisa ins Ohr. Sie dreht sich überrascht um und sieht den Mann, der eben noch auf der Bühne seine Posaune bearbeitet hat. »Ich heiße Hanspeter«, stellt er sich vor, »deine Wirkung auf Max ist nicht zu überhören.«

Lisa schmunzelt verlegen: »Warum, was habe ich damit zu tun?«, fragt sie und zeigt zur Bühne.

»Du hast unser Spiel ruiniert, gerade haben wir noch frei gejammt, plötzlich dreht der Kerl ab«, antwortet Hanspeter und zeigt ebenfalls zur Bühne, wo Max gerade zu einem lautstarken Wirbel ansetzt und somit das Gespräch unterbricht.

Max dreht zum Finale nochmal voll auf und gibt Double Bass Geknatter, Stick Twirls oder fette Licks, dann drückt er noch weiter aufs Tempo und schießt alle Kunst, die er beherrscht, wie in einer Schießbude ab, mit ein paar fulminanten Schluss-Fill-Ins. Er reißt das Publikum von seinen Sitzen, und der Applaus füllt den ehemaligen Braukeller, dass die Gäste im Restaurant, ein Stockwerk höher, gelockt werden, nach ihrem Menü ebenfalls in den Jazzkeller zu kommen.

Max hat seinen Freund Hanspeter bei Lisa gesehen und geht zielstrebig auf die beiden zu. Wie ein alter Freund nimmt er sie in die Arme und küsst sie links und rechts auf die Wangen. Was gar nicht seine Art ist, eigentlich mag er diese Küsserei überhaupt nicht. Aber jetzt gilt es, Hanspeter gegenüber zu zeigen, wer hier der Mann im Ring ist, schließlich ist sie sicherlich wegen ihm gekommen, glaubt er jedenfalls fest. Trotzdem weiß er sich freundschaftlich zu verhalten und stellt Hanspeter Lisa vor: »Das ist Karpfen, mein Freund, liebster Posaunist auf Gottes Erden.«

Lisa stutzt kurz, schaut Max irritiert an.

Er aber hakt sich bei ihr unter, klopft Hanspeter auf die Schultern und verschwindet mit Lisa aus dem engen Keller.

Max geht mit Lisa in den Biergarten des »Ochsen«, beide setzen sich dort an einen Tisch. Der Biergarten grenzt an den Mantelhafen. Hier lagen früher die Schiffe der Überlinger Handelsleute in der sicheren Bucht, heute haben noch einige alteingesessene Überlinger Familien ihre Jacht im nahen Hafen zur Stadt liegen und die Wasserschutzpolizei ihre Einsatzboote. Die beiden finden einen Platz mit Sicht auf die Hafeneinfahrt und Blick auf den See.

»Musst du nicht zurück auf die Bühne?«, fragt Lisa.

»Nee«, winkt er ab, »wir treffen uns hier immer zum Jammen. Im Keller sitzen genügend Jazzer, die nur darauf warten einzuspringen, wenn ein Instrument frei ist. Da findet sich schnell Ersatz, das ist unser Spaß beim Jammen.«

»Und du bist der Star?«, lächelt Lisa anerkennend.

»Quatsch«, weiß Max bescheiden zu antworten, »ich bin als Schlagzeuger nur der Lauteste. Wahrscheinlich wurde ich deshalb Schlagzeuger.«

Lisa schaut auf das Dunkel über dem See. Max spürt, dass sie ganz andere Gedanken umtreiben, und fragt deshalb direkt: »Was führt dich aus der Kulturhochburg des Bodensees in die Seniorenresidenz Überlingen?«

Sie lacht, sucht nach Worten, da schenkt ihr Lukas Waldschütz, der Ochsenwirt, erst mal Zeit: »Na, Max, heute wieder in Form?«, lacht er und tritt mit zwei Speisekarten unterm Arm an ihren Tisch. »Und jetzt wollt ihr euch stärken?«

»Ich auf jeden Fall«, sagt Max und schlägt auch schon die Speisekarte auf. Er schaut zu Lisa und fragt sie frech: »Ein Bodenseefelchen *Müllerin* oder lieber Thunfisch-Sushi?«

Sie winkt energisch ab und sagt: »Thunfisch geht gar nicht! Schrecklich, hast du schon Bilder von dem Gemetzel im Mittelmeer gesehen, nee danke!«

»Du kannst auch einen Krabbencocktail mit Lachs nehmen«, stichelt er weiter, »darfst dabei nur nicht an die versifften Krabbenfarmen in Thailand denken, oder den geräucherten Norwegischen Lachs aus den Antibiotikafarmen Chiles?«

»Willst du mir den Appetit verderben?«, gibt Lisa leicht genervt zurück.

»Nein, ich will dir nur zeigen, dass ich meine Hausaufgaben gemacht und deine Tierschutzmagazine von ›Greenpeace‹ und ›Peta‹ gelesen habe«, rechtfertigt sich Max und bleibt bei ihrem Thema. »Und ich denke, das ist der Grund, warum du mich besuchst.«

Lisa schaut erneut in die Ferne auf den See und sucht offensichtlich nach den richtigen Worten. Ihr Unterkiefer mahlt, sie holt tief Luft und bricht wieder ab.

»Und, fündig geworden?«, erlöst sie der junge Ochsenwirt, »habt ihr was gefunden?«

Max hat sich entschieden und bestellt eine Seeforelle. Für ihn ist sie sowieso der beste Bodenseespeisefisch. Ihm geht das Theater *Felchen* längst mächtig gegen den Strich. Freilich liebt er Bodenseefische, aber von den über 30 verschiedenen Fischarten im Bodensee schmeckt die Hälfte vorzüglich, jeder Fisch schmeckt anders, für Max ist jeder der Fische eine ganze besondere regionale Spezialität. Vor Kurzem hatte er bei seinem Nachbarn Markus Gruler in der »Seehalde«, unterhalb der Birnau, einen in mit Wachholder und Lorbeerblättern gegarten Wallerkopf serviert bekommen oder gebratenen Aal oder Trüsche mit gebratener Leber, oder …

»Ich nehme Spargel mit Kartoffeln, bitte«, unterbricht Lisa seine Träumerei von Bodenseefischgerichten.

Er schmunzelt: »Sehr vorbildlich: regional und vegan.«

»Nee, mit Hollandaise, also mit Eigelb und Butter! Ich bin nicht einmal Vegetarierin, aber meine Lust auf Fisch hält sich zurzeit in Grenzen. Was ich im Moment jeden Tag sehen muss, geht nicht spurlos an mir vorüber.« Sie schluckt, schaut Max an und gibt zu: »Deshalb bin ich hier, ich muss mit jemandem darüber reden. Du hast gesagt, du suchst Lena. Warum?«

»Sie ist mir noch etwas schuldig«, weicht Max aus, wobei er den wahren Grund nicht angeben möchte. Ja verdammt nochmal, die Beule an seiner Karre, aber die ist ihm eigentlich egal, und überhaupt, was gehen ihn diese Ökoaktivisten an? Nur weil sie ihm ein zweites Mal über den Weg gelaufen ist, als sie mit diesem Njoschi bei Ellegast das Tor mit ihren Graffitis behübschen wollten?

Genau darauf spricht ihn Lisa jetzt an: »Du hast gesagt, du hättest sie beobachtet, wie sie in der Nacht des Anschlags bei einem der Gehege der Felchenzuchtanlage in Wallhausen war. Ich muss das wissen: War sie an dem Anschlag beteiligt?«

»Warum fragst du mich? Frag sie doch selber.«

»Ich weiß leider gar nichts mehr, ich befürchte nur, dass ich die Explosion mitverschuldet habe. Ich habe Lena von dem Einsatz von Antibiotika in den Gehegen erzählt, danach war sie wie ausgewechselt.«

Max spürt Lisas Unruhe. »Verstehe ich nicht«, gibt er ihr Zeit, ihre Geschichte in Ruhe zu erzählen, obwohl er gerade noch dachte, dass er mit dieser Felchenstory abschließen kann, schließlich geht ihn das alles nichts an und kostet ihn nur Zeit und Nerven und unnötigen Streit mit seinem Chef Peter Ochsner.

»Zuerst muss ich dir gestehen, dass ich bei Ellegast arbeite«, antwortet Lisa leise. Das Geständnis hat sie mit fest zusammengebissenen Zähnen aus ihrem Mund gepresst. »Seit drei Monaten bin ich bei ihm Praktikantin, deshalb weiß ich mehr, als ich je wissen wollte.«

»Du als Tierschützerin machst ein Praktikum in einer Fischzuchtanlage?«, ist Max baff.

»Gerade deshalb. Wir müssen in der Tierzucht für artgerechte Verhältnisse sorgen, in den Ställen wie im Wasser«, gibt sie zurück und setzt an wie in einem Seminar: »Fast 90 Prozent aller EU-Fischbestände gelten als überfischt, einige Arten sind vom Aussterben bedroht. Fast alle großen Fischgründe stehen kurz vor dem Kollaps. Die Fischereipolitik ist ein Debakel. Deshalb müssen wir, statt Wildfische aus dem Meer zu holen, auf Zuchtfische ausweichen.«

Max erkennt, Fische sind ihr Thema. Selbstsicher fängt sie an zu dozieren, wird ruhiger und gewinnt wieder an Souveränität. So gefällt Lisa ihm viel besser, deshalb lässt er erst mal von dem Felchenthema ab und fragt interessiert nach Wildfischen im Meer: »Klar, wie heute Lachse gezüchtet werden, ist abschreckend, aber es gibt viele andere Fische, die noch echte Wildfische sind, wie die Thunfische. Thunfisch ist sowieso mein Lieblingsfisch, ob gebraten oder gleich als Sushi oder, noch besser, Sashimi.«

»Ha, du bist also auch so ein Fischliebhaber, der sie nur tot liebt!«, setzt Lisa gleich wieder nach und belehrt ihn weiter: »Wenn du Wildfisch aus dem Meer essen wolltest, dürftest du nicht nur jammen, dann müsstest du deine Musik teuer verkaufen. Was denkst du, müsstest du einem Fischer bezahlen, der tagelang auf dem Meer leere Netze an Bord zieht? Nee, nee, das Meiste, was du heute kaufst, sind Zuchtfische, selbst dein geliebter Thunfisch!«

»So ein Mist«, regt sich Max' Klugscheißergen, »ich habe selbst gesehen, wie sie in Sizilien während der Mattanza Thunfische abgeschlachtet haben, schön war das wahrlich nicht«, gibt er zu, »aber das waren Thunfische, die sich frei im Meer tummeln konnten, bis die Fischer sie zu ihrem Schlachtfest zusammengetrieben haben.«

»Ja«, lacht Lisa zynisch, »für Touristen. Aber seit jeder Arsch wie du Sushi isst, reichen die paar Thunfische längst nicht mehr, und leider sind auch sie in freier Wildbahn schon fast ausgerottet.«

»Aber soviel ich weiß, kann man Thunfisch gar nicht züchten«, gibt Max weiter mit seinem Halbwissen an.

»Aber auf Farmen schneller großziehen«, verfällt Lisa endgültig in einen spitzen Lehrerinnenton. »Das ist doch das Perverse. Thunfisch ist deshalb so schmackhaft, weil die edlen Tiere mit 200 Kilogramm und über zwei Metern Länge mit mehr als 60 Stundenkilometer durch das Meer ziehen.« Theatralisch senkt sie ihre Stimme: »Heute werden sie im Schwarm mit Radar aufgespürt, jung gefangen und in Gehegen schnell aufgepäppelt.«

»Wie die Felchen?«, fällt ihr Max ins Wort.

»Fast! Felchen kann man züchten, das machen die Berufsfischer hier am See in ihren Fischbrutanstalten schon lange«, bestätigt Lisa, »aber Thunfisch kann man nicht züchten, nur als Babys fangen und in Farmen mit speziellem Futter schnell großziehen. Bewegen sollen sie sich dabei nicht, nur Makrelen und Sardinen fressen, bis sie schön fett sind.«

Max hat die Lektion verstanden, Thunfisch soll er jetzt auch nur noch mit schlechtem Gewissen genießen oder lieber gar nicht? »Das habe ich nicht gewusst«, lenkt er ein und würde langsam gern auf eine weitere Lehrstunde verzichten. »Und wie ist das mit den Felchen aus unserem See?«, fragt er, wieder zu ihrem Thema zurückkehrend. »Gerade wollen die Berufsfischer ihr Wildfelchen schützen lassen, das wäre doch okay, oder?«

»Das sollen sie tun, wenn sie in Zukunft noch genügend Wildfelchen fangen, denn mit steigenden Wassertemperaturen wird es immer weniger Felchen geben«, antwortet Lisa kühl und fügt hinzu, »so viel man heute weiß.« Dann lächelt sie sogar ein bisschen und gibt zu: »Aber eigentlich weiß man nichts, gar nichts. Der See birgt auch für Biologen noch immer viele Geheimnisse!«

Max beugt sich über den Tisch zu Lisa, er weiß nicht, was er sagen soll, er ahnt, sie hat noch etwas auf dem Herzen, deshalb hält er lieber die Klappe.

Sie mahlt wieder mit ihrem Unterkiefer, dann aber öffnet sie ihren Mund, und es schwallt erneut aus ihr heraus: »Ich bin zu diesem Ellegast, weil ich mir das alles ansehen wollte. Ich bin keine Vegi-Tussi, musst du wissen, ich war mit meinem Vater schon als Kind auf der Jagd und habe selbst Wild erlegt und Rehe aufgebrochen. Logisch ist eine Fischzucht kein reines Paradies für die Tiere wie für das Wild in unseren Wäldern. Die haben ihr freies Leben, dann kracht ein Schuss und Schluss aus!«, lächelt sie erneut. »Aber bis dahin muss kein Reh oder keine Wildsau in einem Gatter leben und Antibiotika schlucken. Aber was der Ellegast da macht, das hätte ich nicht gedacht.«

Sie stockt.

Max hält sich weiter zurück, beißt sich auf die Zunge und ist gespannt, was sie noch auf dem Herzen hat.

Sie hat ihr Mahlen eingestellt, sie schaut Max tief in die Augen und beginnt erneut: »Mir wurde das erst heute Morgen klar. Seit drei Monaten arbeite ich bei Ellegast, und schon ein paar Tage später hat mich Lena in ihrer Wohnung großzügig aufgenommen. Sie horcht mich aus, sie will genau wissen, was in der Felchenzuchtstation gemacht wird, und trägt mein Insiderwissen zu ihren Tanten. Ich hoffe jedenfalls, vielleicht aber hat Lena auch direkte Beziehungen zu irgendwelchen fehlgesteuerten Ökoterroristen.«

»Wie kommst du darauf, übertreibst du nicht?«, beschwichtigt Max. »Terroristen! Du redest schon wie Ellegast.«

»Ich arbeite bei ihm«, wiederholt Lisa, und Max erkennt zum zweiten Mal ein Lächeln in ihrem Gesicht und sieht wieder ihre kecke Stupsnase und die fröhlichen Sommersprossen.

Unvermittelt fragt er: »Was wollte eigentlich der Karpfen von dir?«

»Wer? Karpfen? Du meinst Hanspeter, der Posaunist?«

Max nickt.

»Warum nennst du ihn Karpfen?«

»Ich denke, du bist Biologin mit dem Fachbereich Süßwasserfische«, schmunzelt Max. »Schaut er mit seinem runden Schädel, den dicken Lippen und den Glupschaugen denn nicht aus wie ein Karpfen?«

»Stimmt, Karpfen stand auch auf der Speisekarte, hätte ich bestellen können«, weicht sie aus, um aber sofort wieder zu ihrem Thema zu kommen: »Was würdest du machen, wenn du Anzeichen erkennen würdest, dass Ellegast sich an Genmanipulationen versucht?«

»Hör mit dem Quatsch auf«, fällt ihr Max sofort ins Wort, »man kann aus vielen Gründen gegen die

Gehege im See sein, aber bitte, deshalb Ellegast kriminelle Machenschaften zu unterstellen, das bringt doch nichts!«

»Und wenn ich Beweise hätte?«

»Was denn für Beweise?«, wird Max in seinem Tonfall plötzlich fast grob. Diese »Peta«-Tanten kann er gar nicht ab, die sich mit Unterstellungen für das Tierwohl einsetzen. Dass Lisa offensichtlich auch so tickt, ärgert ihn.

»Und wenn doch?«, setzt sie provokant hinzu.

Max hat in der Zwischenzeit seine Seeforelle verspeist, er schiebt den Teller mit den Gräten zur Seite und nimmt einen großen Schluck von seinem Weißwein. Ein Auxerrois vom Weingut Aufricht. Genussvoll schmeckt er seinem Abgang nach, als plötzlich im Mantelhafen, neben dem Ochsengarten, die Blaulichter der Wasserschutzpolizei aufleuchten und die WaPo-Beamten in zwei Einsatzbooten mit hoher Geschwindigkeit aus dem Hafen preschen.

»Wo wollen die denn hin?«, rätselt er, »rauchen wir eine? Dann können wir vor zur Promenade gehen und schauen, wo die hinfahren.«

Lisa scheint plötzlich wieder von einer inneren Unruhe ergriffen zu sein, nickt Max zu und schnappt sich ihren Tabaksbeutel. »Drei am Tag, aber zurzeit sind es mehr«, gesteht sie.

»Seit man selbst nicht einmal mehr in einem Jazzkeller rauchen darf, habe ich eigentlich aufgehört«, sagt Max, »aber als Dessert nach einem guten Essen kann ich es nicht lassen.«

Sie schauen den Blitzen der beiden WaPo-Boote nach,

die von Überlingen über den See Richtung Wallhausen preschen.

»Verdammt, die fahren zu uns«, stellt Lisa als Erste fest, als man langsam einen rötlich erleuchteten Himmel über Wallhausen erkennen kann.

Lisa schaut fassungslos, Max baff. Dann hört man ein Motorboot über den See brummen. Unwillkürlich suchen beide den Urheber, aber sie sehen kein Boot, nicht mal Positionslichter, die das Boot im Dunkeln auf dem See verraten könnten.

»Satte Maschine, vermutlich V8, vielleicht eine geile ›Riva‹«, urteilt Max. »Der gleiche Motor, den ich nach dem Anschlag auf das Gehege gehört habe.«

»Was heißt das?«, fragt Lisa unsicher und zunehmend ängstlicher.

»Schau doch zu Ellegast, die gleichen Täter vermute ich, was auch immer da bei ihm brennt«, antwortet Max, »es muss auf oder am See sein, sonst würde die WaPo nicht ausrücken.«

»Vielleicht Frankensteins Labor«, unterstreicht Lisa ihre Behauptung der Genmanipulation, »und ich bin schuld, ich wusste es, verdammt, deshalb war Lena heute Nacht nicht zu Hause.«

»Verstehe ich nicht! Kannst du mich bitte aufklären, was hier abgeht?« Max schnippt energisch seine Kippe in den See und schaut Lisa herausfordernd an.

»Ich habe dir doch gesagt, dass Ellegast in einem Labor versucht, durch Genmanipulation resistente und schnellwachsende Felchen zu züchten.«

»Der? Der hat doch keine Ahnung …?«

»Aber dieser Jeff, den er extra aus Amerika hat einfliegen lassen. Er behauptet, man müsse nur in die Gene der Felchen eingreifen und diese mit einem Aal-Gen verbinden.«

Max schaut skeptisch.

»Ich weiß nicht, ob er wirklich etwas drauf hat in seinem Kellerlabor, aber er tut so. Er war dabei, als in den Staaten die ersten Versuche bei Lachsen und danach an Felchen vorgenommen wurden. Für genmanipulierten Lachs hat eine kanadische Firma bereits ein Patent in Europa erhalten. Heute geht das über Gene-Editing. Die Erbsubstanz wird im Labor neu zusammengesetzt und mithilfe von DNA-Scheren im Erbgut eingebaut.«

»Jetzt klingst du wie eine Professorin«, zeigt Max seine Achtung vor ihrem Wissen.«

Sie aber winkt ab: »Ich glaube, dass dieser Jeff einen ganz anderen Weg ging. Von einem Tag auf den anderen hatte er auffallend große Felchen in seinen Aquarien schwimmen, und ich habe Kartons gesehen, in denen lebende Fische transportiert wurden. Es stand zwar *Koi* auf den Lieferscheinen, aber ich denke, es sind genmanipulierte Felchen aus den Staaten, die er in die Gehege im See einsetzen will.«

»Man will es nicht glauben«, entfährt es Max.

»Du nicht, aber Lena hat es mir sofort geglaubt. Ihr habe ich gestern Abend alles erzählt, was ich weiß, und heute Nacht brennt die Anlage.«

»Noch so eine Unterstellung«, wiegelt Max ab.

»Du solltest mir besser auch glauben. Kurze Zeit bevor das Gehege in die Luft ging, habe ich Lena von dem flächendeckenden Antibiotikaeinsatz in dem ersten Gehege erzählt, wenig später legte jemand die Rohrbombe.«

»Sie?«, fragt Max kleinlaut. »Kann nicht sein, ich habe sie mit Njoschi sprayen sehen.«

»Ich weiß es nicht«, schwankt Lisas Stimme zwischen Zorn und Hilflosigkeit, »ich weiß nur, dass sie mich als ihre Whistleblowerin benutzt, deshalb hat sie mich auch in ihre Wohnung einziehen lassen.«

»Die coole Mansarde gehört ihr?«, fragt Max erstaunt.

»Ja, ich denke, sie hat einen reichen Vater. Wir kennen uns vom Studium, und vor drei Monaten hat sie mir ein Zimmer in ihrer Wohnung angeboten. Ich sage doch: fast zur gleichen Zeit, als ich bei Ellegast anfing.«

»Krass«, quittiert Max Lisas Erzählungen. »Und sie wusste, dass du bei Ellegast arbeitest?«

»Ja natürlich, wir haben uns über die Namensgleichheit amüsiert. Ellegast ist hier am See ein Allerweltsname, hat sie behauptet.«

Bei Max beginnt es zu rattern. Gerdi hat eine Tochter, die Lena heißt und in Konstanz studiert. Ellegasts mag es am See viele geben, aber wenige, die Lena heißen, und noch weniger Lena Ellegast, die gleichzeitig in Konstanz studieren. Hat Gerdi ihn an der Nase herumgeführt? Das wäre ja der Gipfel. Er will den bösen Verdacht nicht glauben, er muss unbedingt Gewissheit haben.

Zu Lisa sagt er: »Brutal! Genmanipulation! Ich kann es nicht fassen – und doch, schau mal: Jetzt brennt da drüben die gesamte Anlage, echt voll krass!«

Der Himmel über dem See bei Wallhausen hat sich in der Zwischenzeit dunkelrot verfärbt. In der Ferne sind die Martinshörner der Feuerwehr- und Polizeiwagen zu hören. Das Feuer hat sich offenbar gefährlich ausgebreitet.

»Das habe ich nicht gewollt«, beginnt Lisa erneut zu jammern, »ich wollte weder Explosionen noch Brände, das war nicht meine Absicht.«

»Du bist süß«, nimmt Max sie tröstend in den Arm, »wenn es stimmt, was du sagst, brennt da drüben gerade Frankensteins Labor.« Dann schaut er sie an und denkt, das Mädel ist noch jung und unbedarft: »Wenn du damit die Genmanipulation bei uns am See gestoppt hast, dann hast du einen Orden verdient!«

»Hoffentlich ist Jeff nicht drin, hoffentlich kommen keine Menschen zu Schaden«, jammert sie weiter.

Das Geräusch des V8 Motors ist verklungen, das Motorboot hat den Kurs Richtung Obersee gehalten.

»Meinst du, Lena ist auf dem Boot oder zu Hause?«, fragt Max.

»Weiß ich doch nicht«, antwortet sie und lässt sich von Max weiterhin tröstend im Arm halten.

Er riecht ihr fruchtiges Parfum, spürt ihren festen Körper in seinen Armen, er sieht sie wieder in ihrem Bademantel, ihr verführerisches Dekolleté, sieht ihre braunen Augen und ihre Stupsnase und hört sich sagen: »Fahren wir zu euch, dann werden wir sie fragen.«

Wehe, Gerdi hat ihn so hintergangen.

9.

Max und Lisa sitzen im Auto auf der Fähre nach Konstanz. Es ist noch früh am Morgen. Sie stehen in der ersten Reihe auf dem Deck und könnten die Fahrt von Meersburg nach Konstanz über den See genießen. Vor ihnen steht kein Auto, sie haben freien Blick, als würden sie von der Brücke die Fähre steuern, doch ihre Augen sind nur auf den Monitor von Max' Smartphone gerichtet. »Regio tv« berichtet in einer Sondersendung von dem Brandanschlag in der Nacht auf die Felchenzuchtanlage der Firma Martin Ellegast in Wallhausen.

Max wollte am Vorabend seine Sachen aus dem Jazzkeller im »Ochsen« abholen und dann mit Lisa verschwinden. Aber da hatte Hanspeter Lisa schon wieder in Beschlag genommen und trank mit ihr ein Viertel nach dem anderen.

Max hatte schnell erkannt, dass Lisa die Ablenkung genoss und mit jedem weiteren Schluck Wein lockerer wurde. Hanspeter erzählte ihr von den vorzüglichen Charaktereigenschaften der Karpfen, mit denen man ihn problemlos vergleichen dürfe. »Kein Fisch ist so unberechenbar und launisch wie der Karpfen«, referierte er, »es gibt Karpfen, die schwimmen an einem Tag von Langenargen nach Konstanz, andere bewegen sich fast ihr ganzes Leben kaum vom Fleck, so wie ich«, erklärte er stolz, »ich bin in Überlingen geboren und werde in Überlingen sterben!«

Max ließ ihn schwadronieren, verstaute das Schlagzeug im Kombi seines alten Renaults, trank noch eine Flasche Gelber Muskateller mit den beiden und hakte schließlich, ebenfalls nicht mehr ganz nüchtern, Lisa einfach unter und schleppte sie mit zu sich nach Hause. Die fünf Kilometer mit 1,5 Promille traute er sich gerade noch zu, bis nach Konstanz war ihm die Fahrt zu gefährlich.

Zu Hause wurde ihm schnell klar, dass aus seinem erhofften Abenteuer kaum noch etwas werden würde. Lisa war einfach zu beschwipst. Ohne weitere Hintergedanken ließ er sie zu sich ins Bett steigen und staunte, wie schnell die junge Frau neben ihm einschlief.

Dumm gelaufen, dachte er. Da träumt man nächtelang von einer geilen Frau in seinem Bett, dann liegt sie neben einem, und ich mache mir Gedanken über Lena und Gerdi.

Irgendwann stand er auf und schielte hinüber zu Gerdis Haus. Bei ihr brannte kein Licht, und auch ihr Auto stand nicht, wie sonst üblich, vor dem Haus. In jüngster Zeit war sie des Öfteren nicht daheim. Wo sie sich nur rumtreibt?, fragte er sich. Er legte sich wieder neben die schlafende Lisa und grübelte noch lange, ob Ellegast tatsächlich einen Forscher zu Genmanipulationen an Felchen eingestellt hatte, ob Gerdi darüber Bescheid wusste, und ob sie mit Lena unter einer Decke steckte. Unter seine Decke herrschte leider Funkstille, Karpfen sollte ihn in Zukunft bloß nie mehr als Herzensbrecher hinstellen.

Um sieben Uhr klingelte Lisas Handy. Verkatert robbte sie zu ihrer Jacke und fischte ihr Smartphone aus der Tasche. Max hörte sie nur mit kurzen Jas und Neins antworten, dann kuschelte sie sich wieder neben ihn ins Bett.

Er dagegen war sofort hellwach und wollte wissen, wer sie so früh angerufen habe.

»Das war nur Njoschi, er wollte herausfinden, wo Lena ist«, antwortete Lisa schlaftrunken, »die Polizei war bei ihm und wollte wissen, wo er heute Nacht war.«

»Steh auf, pack deine Sachen, wir verschwinden«, war Max' Reaktion, »vermutlich kommen die Bullen auch zu mir, ich will aber zuerst deine Freundin Lena treffen und sie fragen, was Sache ist, also los, komm schnell!«

Er hatte es eilig, was sollte er der Polizei heute Morgen auch erklären, und dann würden sie ihn auch noch mit einer Praktikantin von Ellegast erwischen. Das alles würde zu weiteren Verdächtigungen und Komplikationen führen. Also nichts wie weg.

Schon auf dem Weg von Überlingen zur Meersburger Fähre hörten die beiden die Nachrichten im Seefunk, jetzt auf der Fähre sehen sie die Bilder und hören die ersten Statements im Regionalfernsehen zu dem Brand in Ellegasts Felchenzucht.

»Wahnsinn, die haben seine ganzen Hallen abgefackelt«, staunt Max, »aber von einem Labor oder Genmanipulation hört man kein Wort.«

Die Überraschung für die beiden aber bietet Martin Ellegast. Er steht wie immer frisch und agil vor den Kameras der Journalisten. Er trägt ein weißes Sakko über einem blauen Hemd zu blauen Jeans. Seine Haare sind leicht gegelt aus der Stirn gekämmt, er wirkt gefasst und reagiert ausweichend: »Jetzt müssen wir zuerst die Polizei ihre Arbeit machen lassen«, beschwichtigt er, »einen Hinweis auf eine Brandstiftung sehe ich nicht.«

Ein Reporter erinnert an Ellegasts Vermutung nach dem ersten Anschlag auf das Zuchtgehege, dass dieser auf das Konto von Umweltaktivisten beziehungsweise Ökoterroristen gegangen sein könnte, warum ziehe er dies nicht auch bei diesem Brandanschlag in Betracht?

Ellegast winkt ab: »Ich halte nichts von Vorverurteilungen, warten wir ab, in unserem Werk in Meersburg hatte sich schnell ein technischer Defekt als Brandursache herausgestellt. Wie gesagt: Warum soll jemand eine leere Fischverarbeitungshalle anzünden? Das macht doch keinen Sinn.«

Lisa schaut Max überrascht an: »Was ist mit dem los? Hat er Kreide gefressen? Was soll das?«

»Hammer! Der Kerl ist mit allen Wassern gewaschen. Ist doch klar«, antwortet Max, »der will keine Ermittlungen auf seinem Gelände. Der will keine Polizei rumschnüffeln sehen, schon gar nicht in dem Labor, von dem du erzählt hast, und das sicherlich auch gebrannt hat. Ich würde mich nicht wundern, wenn er heute noch die Brandursache mit einem technischen Defekt erklärt.«

Mit einem leichten Ruck schrammt die Fähre an den Dolmen zur Hafeneinfahrt in Konstanz-Egg vorbei. Max startet den Motor seines alten Renaults und fährt von der Fähre Richtung Niederburg.

Er nimmt sich vor: Wenn Lena zu Hause ist, werde ich sie stellen, sie muss jetzt Farbe bekennen, ich will wissen, welche Rolle sie und Gerdi, die famose Fischerin vom Bodensee, in diesem Stück spielen.

Andrei hat Tränen in den Augen. Doch Nanni bleibt hart: »Stell dich nicht so an, niemand hat dich geheißen, Ellegasts Hallen anzuzünden oder sein Gehege in die Luft zu sprengen. Du bist alt genug und hast selbst entschieden. Jetzt musst du für ein paar Monate dein warmes Plätzchen bei uns verlassen, oder willst du ins Gefängnis?«

Andrei schaut fast flehentlich von Nanni zu Hanni, aber die beiden Damen zeigen sich einig und unerbittlich. »Es ist das Beste für dich, wenn du den Sommer über von hier verschwindest. Du kannst dich im Herbst, wenn sich die Lage beruhigt hat, wieder melden, dann sehen wir weiter.«

Andrei sieht zu seinen beiden Lamas, die auf der Wiese vor dem herrschaftlichen Schloss grasen, und zu den beiden Damen: »Ich kann die Tiere nicht einfach zurücklassen«, versucht er, sich herauszureden.

Doch Nanni steckt ihm einige Geldscheine zu und sagt: »Um die Tiere brauchst du dir keine Sorgen zu machen, wir werden jemanden finden, der sie versorgt. Du musst dich jetzt um dich selbst kümmern. Die Verbindung zu Lisa und Lena ist zu offensichtlich, und dass Lena in jüngster Zeit oft bei uns war, ist auch kein Geheimnis.«

»Habe ich etwas falsch gemacht?«, versucht Andrei erneut, von den beiden Frauen eine Absolution zu erhalten.

»Nein, du hast dem Ellegast sein Handwerk gelegt. Hut ab!, das muss ich schon sagen, das war gut und höchste Zeit. Aber dummerweise führen zu viele Spuren zu uns, über kurz oder lang steht die Polizei auf der Matte, und sie werden dich vernehmen. Vielleicht können sie dir sogar den Bau der Rohrbombe nachweisen, dann sieht es düster für uns alle aus, deshalb musst du verschwinden. Punktum!«

Andrei sieht seine Felle davonschwimmen. Die Zeit im Chaffeurhaus des herrschaftlichen Schlosses geht wohl ihrem Ende entgegen. Er hat alles getan, was die Frauen von ihm verlangten. Und doch hat er wieder, wie so oft in seinem Leben, die Arschkarte gezogen.

»Du nimmst das Geld und verschwindest schnellstens. Am besten, du besuchst deine Familie in Rumänien, und wenn Gras über die Sache gewachsen ist, kannst du gerne wiederkommen, versprochen!«

Nanni und Hanni haben sich tatsächlich großzügig gezeigt. Andrei hat noch nie so viel Geld in der Hand gehabt, das er nur für sich verwenden darf. Und irgendwie ist er auch gespannt auf zu Hause, wo er seit 20 Jahren nicht mehr gewesen ist.

Max fährt frech in die Sankt-Johann-Gasse in der Konstanzer Altstadt hinein. Er parkt in der schmalen Einbahnstraße ganz rechts, direkt an der Hauswand der Hausnummer fünf, sodass andere Autos vorbeikommen, und steigt mit Lisa aus dem Auto. Gespannt schaut er nach oben, er kann die Mansarde hier unten nicht sehen. Trotzdem tippt Lisa, dass Lena daheim ist. »Sie war gestern nicht da, aber sie muss irgendwann mit ihrem Stupsi Gassi gehen, ich war gestern Mittag nochmals, aber er musste ja heute Nacht irgendwann nochmal raus.«

»Wer ist Stupsi?«, fragt Max.

»Ihr Jack Russell Terrier«, klärt ihn Lisa auf. »Lena weiß, dass ich heute nicht da bin, ich hätte eigentlich den ganzen Tag Dienst.«

»Na super«, mosert Max, »einen Jack Russell, einen Jagdhund, in der Stadt in einer Mansardenwohnung. So tiergerecht ist das nicht, oder habe ich da etwas Falsches in euren Magazinen gelesen?«

»Das kannst du gleich selbst mit Lena diskutieren«, zeigt Lisa, dass sie auf diese unnötige Auseinandersetzung heute Morgen keine Lust hat, und geht voran die Treppe hoch.

Max sputet sich, hinter ihr herzukommen, staunt, wie leichtfüßig Lisa mit ihren strammen Beinen die Treppen nimmt. Er schaut auf ihren knackigen Po in den engen Jeans und verdrängt die Erinnerung an die vergangene Nacht.

Lisa löst mit ihrem Schlüssel den Mechanismus der Falltür aus, auf der rechten Wandseite kommt ihnen das Gegengewicht entgegen, und über ihnen öffnet sich die Tür wie von Geisterhand, und ein Sonnenstrahl fällt in das düstere Treppenhaus.

Lisa ist als Erste in dem hellen Raum über den Dächern der Altstadt von Konstanz. Max folgt ihr und sieht Lena neben dem langen Tisch stehen, an dem er vor wenigen Tagen Lisa kennengelernt hat.

»Das ist Max«, stellt Lisa Lena ihre Begleitung vor, »aber ich denke, ihr kennt euch, oder etwa nicht?«

»Ich weiß nicht so recht«, sagt Max, »aber Lena weiß, wo ich wohne und hat mir einen Brief geschrieben.«

»Wohl kaum«, antwortet Lena cool, geht aber auf

Max zu und reicht ihm die Hand. »Was führt dich zu uns?«

»In erster Linie du«, antwortet Max ehrlich, »ich glaube, du bist mir einige Erklärungen schuldig. Ich habe die Nase voll, dir immer hinterher zu hecheln und nie genau zu wissen, ob du gerade eine Fischfabrik angezündet hast, ein Gehege in die Luft jagst, mit Njoschi ein Graffiti anbringst oder heute Nacht die ganze Felchenzucht angezündet hast?«

»Geht's auch ein paar Nummern kleiner?«, gibt Lena keck zurück, »oder arbeitest du mit den gleichen Unterstellungen wie die Polizei?«

»Die wird dir bestimmt ganz ähnliche Fragen stellen, ich habe keine Lust mehr, dich bei jedem Verhör rauszuhalten. Die haben mich im Visier, aber ich habe bei jedem Anschlag, ob in Meersburg oder in Wallhausen, dich gesehen, den Bullen aber nie etwas über dich erzählt!«

»Du hast mich einmal in einem Auto auf einem gesperrten Waldweg und einmal ein Graffiti sprühen gesehen. Ich denke nicht, dass das die Vergehen sind, die die Polizei in erster Linie interessieren.«

»Aber mich interessiert, welche Rolle du in diesem Stück spielst. Du sprayst mit Njoschi ein Felchen hinter Gittern an die Toreinfahrt Ellegasts, und gleichzeitig fliegt sein Gehege vor meiner Nase in die Luft. Und heute Nacht brennt gleich die gesamte Felchenzuchtanlage ab?«

»Nachdem ich dir vorgestern von den Genmanipulationen erzählt habe«, mischt sich Lisa ein.

»Kinder, bleibt auf dem Teppich«, gibt sich Lena kalmierend, »es wird nicht lange dauern, dann wird uns der Ellegast sicherlich die Täter präsentieren. Ich war es jedenfalls nicht!«

Max schüttelt den Kopf: »Ellegast wird erst mal niemanden präsentieren. Er will offensichtlich keine Untersuchungen, er hat gerade im Fernsehen erklärt, die Brandursache könnte auf einen technischen Defekt zurückzuführen sein.«

Lena lacht laut: »Und die Erde ist eine Scheibe!« Energisch winkt sie ab: »Ellegast wird Himmel und Hölle in Bewegung setzen, bis er die Täter hat, für ihn ist das alles wie ein Krieg!«

»Das hat sich in seinem Fernsehinterview anders angehört«, stimmt Lisa Max zu, »woher willst du wissen, dass er nicht aufgibt?«

»Weil Ellegast mein Vater ist!«

Lisa schluckt und schreit gleichzeitig auf: »Du hast mich angelogen!« Sie streicht sich mit beiden Händen ihre roten Locken aus dem Gesicht und giftet Lena an: »Du hast mich die ganze Zeit ausgenützt, wie fies von dir!« Fassungslos wiederholt sie: »Also doch: Du bist die Tochter von Ellegast, als doch!«

Also doch!, denkt auch Max. Er wird erst blass, dann rot vor Zorn. Nicht Lena macht ihn wütend, sondern Gerdi, beziehungsweise seine eigene Blauäugigkeit. Verdammt, er hatte es geahnt, aber er wollte es nicht wahrhaben. Lena, Gerdis Tochter, die in Konstanz Biologie studiert und immer einen Schritt vor ihm um Ellegasts Fischhallen herum agierte. Na klar!

»Nicht so selbstgerecht, liebe Lisa!«, hört er Lena fauchen. »Seit Jahren schießen sich alle Umwelt- und

Tierschützer auf das Felchengehege von Ellegast ein, und seither habe ich an der Uni tunlichst verschwiegen, dass Ellegast mein Vater ist. Wie sonst hätte ich es gerade bei euch Biologen im Fachbereich Zoologie weiter aushalten können. Und dann kommst du und jammerst mir wochenlang vor, du findest kein Zimmer. Dass du so unbedarft bist und ein Praktikum in dieser verfluchten Felchenzuchtstation machst, das konnte ich nicht wissen, und dass du mir jeden Abend vorheulst, wie schlimm das alles ist, und was ihr da alles treibt, mein Gott, was glaubst du, hätte ich tun sollen? Einfach ruhig sitzen bleiben?«

»Nee, da musstest du einschreiten und eine Rohrbombe zünden und dann noch ein Feuer legen«, kann sich auch Max nicht mehr zurückhalten.

Lena schaut von Lisa zu Max und blickt ihn fast mitleidig an. Ihr Gesicht ist wie versteinert, ihre Wangenknochen treten deutlicher hervor, und ebenso giftig wie zuvor Lisa geht sie nun Max an: »Und du, du kannst nicht zwei und zwei zusammenzählen, was stellst du mir die ganze Zeit nach? Du sitzt doch sonst jeden Tag bei meiner Mutter, hat sie dir nichts von ihrer ungezogenen Tochter erzählt, die es wagt, sich gegen den eigenen Vater zu stellen?«

»Mit keinem Wort hat sie mir verraten, dass du ihre Tochter bist. Ich glaube, sie will es nicht wahrhaben, was du treibst. Aber heute Nacht seid ihr zu weit gegangen. Bei Brandstiftung kennt die Polizei keinen Spaß. Mir brauchst du nichts mehr zu erklären, klärt unter euch, wie du da rauskommen willst.«

»Du kapierst überhaupt nichts!«, giftet ihm Lena

noch hinterher, als Max schon längst die Falltür betätigt hat und über die Treppe nach unten verschwunden ist.

Er hat genug von Lena und muss in einer Stunde zum Dienst im Seerestaurant in Überlingen antreten.

Pünktlichkeit ist in der Gastronomie Ehrensache!

»Die haben klar Schiff gemacht«, knurrt Jeff Boston, »im Labor finden sich keine Hinweise darauf, welche Forschungen wir betrieben haben. Ich glaube, die Eindringlinge haben alle Fische mitgenommen und danach erst das Labor angezündet.«

Jeff Boston steht mit rußgeschwärztem Shirt vor Martin Ellegast. Er wirkt betrübt und weiß nicht, wohin mit seinen Händen. Als müsste er seinem Chef beweisen, dass er die Fische aus dem Labor nicht versteckt hält, öffnet er beide Arme und streckt sie mit leeren Händen Ellegast entgegen.

Ellegast dagegen scheint den Brandanschlag tatsächlich souverän wegzustecken. Er schlägt mit seiner rechten Hand Jeffs Hände ab und brummelt: »Deine Idee, die Aalmutter mit unserem Bodenseefelchen zu vereinen, hat mir gefallen, vielleicht gehen wir das später nochmal an.« Dann legt er seinen rechten Arm um Jeffs Schulter und drückt ihn an sich: »Ich habe dir einen Flug gebucht, heute Mittag geht deine Maschine von Zürich nach Helsinki, du musst erst mal weg, dann sehen wir weiter. Verschwinde hier, aber schnell.«

Ein anderer Mitarbeiter erzählt Ellegast von den Funden der leeren Aquarien im See beim Steg. Damit wird Ellegast der Ernst der Lage klar. Irgendwer hat von dem Labor Wind bekommen, das ist somit sicher.

Das heißt, diese »Peta«-Leute wissen, dass er verbotene Genmanipulationen durchführen wollte oder bereits durchgeführt hat. Er muss herausfinden, wer hinter dem Brandanschlag steckt. Es darf weder Beweise noch Zeugen für seine gesetzlich verbotenen Anstrengungen geben.

Während einer Betriebsversammlung, zu der sich alle Mitarbeiter versammelt haben, sagt er: »Wir müssen unsere Felchengehege hier in Wallhausen weiterpflegen, die Verarbeitung der Fische aber wird ab sofort in Meersburg stattfinden. Wie es hier in Wallhausen weitergeht, entscheiden wir in den nächsten Tagen.«

Martin Ellegast wirkt, anders als am Morgen vor den Fernsehkameras, aufgekratzt und angriffslustig. »Wir müssen herausfinden, wer hinter der Brandstiftung steckt, ich habe eine Detektei aus Frankfurt beauftragt, die heute noch die Ermittlungen aufnimmt. Zwei Mann werden in den nächsten Stunden hier auftauchen, sich mit den bisherigen Ermittlungen der Polizei befassen und vor allem diesen Graffitischmierern auf die Füße treten, dann werden wir weitersehen.« Er schaut erbost in die Runde: »Wenn einer von euch geplaudert hat, rate ich ihm: Zieh dich warm an!«

Die Situation ist für Ellegast verdammt brenzlig. Das oberste Gebot der Geheimhaltung scheint verletzt, irgendwer hat geplaudert, denn offensichtlich wissen bestimmte Gegner mehr, als sie jemals erfahren hätten dürfen. Das zweite Problem für ihn ist: Wie viel wissen seine Gegner genau, wie weit sind sie in die Technik in seinem Labor vorgedrungen und haben die Brandstifter verstanden, welche einmalige Kreuzung aus Felchen und Aal sie heute Nacht in den Bodensee ausgesetzt haben.

»Max, wo warst du heute Nacht?«, ist die erste Frage, die Peter Ochsner ihm stellt, als er zum Dienst im Seerestaurant antritt. Das Thema des Brandanschlags in Wallhausen ist das Tagesgespräch am See.

Ansonsten wie immer, denkt Max. Die Touristen bestellen Felchen oder sonst einen Fisch und glauben, er kommt frisch gefangen aus dem Bodensee. Freilich sorgt der Hinweis auf der Tafel vor dem Restaurant bei Kennern nach wie vor für das gewollte Missverständnis. Max hatte wieder in großen Buchstaben »Bodenseefisch« auf die Tafel geschrieben, darunter steht das Angebot des Tages: Zander, Lachsforelle und Dorade.

Der Zander könnte tatsächlich aus dem Bodensee stammen, würde ein Bodenseefischer das Seerestaurant denn beliefern. Lachsforelle gibt es weder im See noch sonst wo. Gestern hat Max eine Seeforelle im »Ochsen« gegessen, so heißt der Fisch korrekt, und auch er ist ein echter Bodenseebewohner, aber garantiert nicht der, der im Seerestaurant serviert wird. Und die Dorade? Gerne bestätigte Max jedem Gast, dass sie aus dem See kommt. Wer solch dumme Fragen stellt, will dumme Antworten glauben. Wobei er seine Münchhausen-Lügen meist mit einem Augenzwinkern serviert.

Er ist sich sicher, manche Gäste wollen einfach belogen werden, damit sie sich in der schönen, heilen Welt wohlfühlen dürfen. Und zugegeben: Manche Gäste sind einfach zu doof, denkt Max, wenn sie unbedingt einen Wolfsbarsch aus dem Bodensee serviert haben wollen, bitte schön. Schließlich hat er auch schon Gäste bedient, die einen Bodenseelachs wollten. Ihnen servierte er dann die Seeforelle als Lachs, schließlich sind die Filets der Seeforelle ebenso wunderschön rot.

Die Nachfragen der Gäste gehen ihm heute besonders auf die Nerven. Max' Gedanken sind noch immer bei Lisa beziehungsweise ihrer Behauptung, Ellegast habe genmanipulierte Felchen in seinem Keller gezüchtet.

Ebenso treibt ihn die Tatsache um, dass Lena die Tochter von Gerdi ist. Warum hat ihm Gerdi nicht sofort reinen Wein eingeschenkt? Sie hat ihn doch erst in diese unsägliche Felchengeschichte getrieben. Nur wegen ihr hat er sich auf die dumme Geschichte eingelassen und steckt seither in Erklärungsnöten gegenüber der Polizei. Heute Abend, nach dem Service, wird er Gerdi stellen, nachbarschaftliche Freundschaft hin oder her, das Fass ist voll!

Nicht schon wieder, was will denn der schon wieder hier, und dann noch heute, nach dem Brandanschlag? Max denkt, er sieht nicht recht, aber das ist ohne Zweifel Ellegasts SUV, der vor Gerdis Fischerhaus parkt.

Max stellt das Fahrrad hinter dem Haus ab und schleicht sich vorsichtig in den Garten seiner Nachbarin. Es ist noch immer hell draußen, trotzdem kann er durch die Scheiben Gerdi mit Martin Ellegast in ihrem Wohnzimmer sehen. Max kann beide gut erkennen, aber leider kann er nicht hören, was sie miteinander besprechen.

»Martin«, appelliert Gerdi an ihren Mann, »Lena

ist auch deine Tochter. Willst du ihr Leben versauen? Wenn sie tatsächlich die Rohrbombe gelegt oder mit dem Brandanschlag zu tun hat, dann kann sie ihr Studium vergessen, dann kannst du ihr auch nicht mehr helfen, dann muss sie womöglich ins Gefängnis.«

»Ich verstehe sie einfach nicht«, antwortet Martin Ellegast, »wie kann man so verbohrt sein?«

Gerdi lacht schrill auf: »Sie ist deine Tochter. Bist du besser? Du und dein Felchengehege im See, du bist doch genauso verbohrt!«

»Und du? Du mit deinem Dickkopf, nicht einsehen zu wollen, dass sich die Welt ändert. Wenn du von deinem Felchenfang leben müsstest, wärst du längst verhungert.«

»Früher warst du stolz auf den Dickkopf deiner Tochter«, versucht Gerdi, die Schärfe aus dem Streitgespräch zu nehmen, »die macht ihren Weg, hast du dich immer gefreut. Und jetzt hast du sie auf Abwege geführt.«

»Ich? Ich mache unsere Unternehmen für die Zukunft fit, willst du das nicht verstehen?«

»Wenn unsere Tochter dabei im Gefängnis landet? Nein, dann kann ich das nicht verstehen.«

Die beiden sitzen sich in Art déco-Sesseln in dem alten Fischerhaus gegenüber, sie sehen sich feindselig an und reden aneinander vorbei, als sprächen sie verschiedene Sprachen.

»Ich bin entsetzt, was du mir gerade offenbarst«, wird Martin Ellegast immer lauter, »meine eigene Tochter zündet mir meine Hütte an, spinnt die denn?«

Gerdi schreit ebenso laut zurück: »Du bist doch der,

der den ganzen See mit deinem blöden Gehege entzweit und Unfrieden stiftet.«

»Nicht nur Lena gehört in den Knast, du kannst gleich mit ihr gehen«, antwortet Ellegast ungehalten, steht auf und schlägt die Tür hinter sich zu.

Mit quietschenden Reifen braust er davon.

Kaum ist Martin Ellegast weg, hört Max, wie Gerdi mit ihrem Fischerkahn auf den See hinaus tuckert. Sie hat die Positionslichter an und fährt wegen des Wasserstandes mit einem sicheren Abstand von rund 100 Metern vor die Aachmündung. Dort nimmt sie Fahrt aus dem Kahn, lässt ihn fast stehen. Es dauert ein Weilchen, bis sie dann langsam, immer im Abstand von rund 100 Metern, am Ufer entlang tuckert. Sie weiß, hier hat der See ein Riff, hier kommen Nährstoffe aus der Ach in den See geflossen, hier finden die Fische Algen und Kleingetier.

Max steht auf ihrem Steg, ihm ist klar, dass Gerdi aufgebracht ist und sich beruhigen will. Das macht ihm diese Frau noch immer sympathisch. Sie ist ein echter Seehase, wenn sie ihm auch nicht die Wahrheit gesagt hat.

Langsam lässt sie das Fischernetz durch ihre Hände gleiten. Sie achtet darauf, dass das Blei am Netz als Erstes ins Wasser fällt, alle 20 Meter befestigt sie oben am Netz einen Styroporwürfel als Boje. Sie wirkt wie ein trotziges Kind. Sie geht erneut auf Felchen, wenn auch in diesem Sommer der Ertrag, auch bei ihren Kollegen, so gering ist wie noch nie.

Max zieht sich langsam aus, lässt seine Klamotten auf dem Steg liegen und schwimmt in langsamen Zügen zu

Gerdis Boot. Wie schön könnte es hier sein, wenn dieser Felchenstreit nicht wäre, denkt er und achtet auf die verdammten Quallen.

Gerdi hat die letzte Boje gesetzt, die Netze sind ausgebracht, erschöpft setzt sie sich auf die Bank in der Mitte des Bootes und schaut mit traurigen Augen auf den ruhigen See.

Auf der Mainau gegenüber brennen die Lichter der Hafeneinfahrt, von der Dingelsdorfer Kirche spiegelt sich der Lichtschein auf der ruhigen Wasseroberfläche, die Mauracher Kapelle schlägt elf Mal. Wie schön könnte es hier sein, wenn dieser Felchenstreit nicht wäre denkt auch sie und erinnert sich an die letzte Auseinandersetzung mit ihrer Tochter, an den Streit mit ihrem Mann will sie gar nicht mehr denken.

Plötzlich schwankt der Kahn. Reflexartig greift sie zum nächstliegenden Paddel und hebt es hoch. Dann krängt ihr Boot auf eine Seite, sie holt aus, sieht zwei Hände am Bootsrand, und darüber taucht Max' Kopf auf.

»Schlag deinen Mann und nicht mich«, lacht Max, »ich klau dir keine Felchen aus dem Netz.«

»Der mir auch nicht«, antwortet Gerdi, »er hat mir schon zweimal in meinem Leben die Netze mit Felchen gefüllt.«

»Pass auf, dass sie nicht genmanipuliert sind«, platzt es gleich aus Max heraus.

»Mach keine Witze mit so was«, antwortet Gerdi und reicht Max, im Boot stehend, beide Hände. »Komm, ich zieh dich hoch, schippern wir wieder zurück, oder willst du heute Nacht noch rund um den See schwimmen?«

Max greift nach Gerdis Händen und staunt über ihre Kraft. Sie zieht ihn aus dem Wasser wie einen Fisch. »Sauber«, sagt er anerkennend, als er im Boot steht.

»Du Fliegengewicht«, lacht Gerdi und schaut ihn, der splitternackt vor ihr steht, prüfend an. »An dir ist doch gar nichts dran.«

Verlegen setzt sich Max auf eine Kiste im Boot und verschränkt die Arme. »Eure scheiß Felchen lassen mich nicht mehr zur Ruhe kommen, heute habe ich schon wieder auf meine drei Mahlzeiten verzichtet.«

»Dafür kann ich nichts«, antwortet Gerdi desinteressiert.

»Doch!«, sagt Max laut und streng, »doch! Du! Deine Tochter! Deine Felchen! Dein Mann! und überhaupt.«

Gerdi nimmt seinen Vorwurf nicht ernst. Sie ist froh, dass Max jetzt bei ihr im Boot sitzt und ihr Gesellschaft leistet. Sie foppt ihn weiter: »Ich und meine Tochter und mein Mann, was haben wir dir getan? Du wirkst gerade sehr explosiv.«

»Bin ich vielleicht auch, mir reicht es«, platzt es weiter aus Max heraus, »du willst es zwar nicht hören, aber deshalb wiederhole ich es trotzdem noch mal: Dein Mann hat genmanipulierte Felchen gezüchtet! Garantiert!«

Trotz Dunkelheit sieht Max, wie sich der Gesichtsausdruck von Gerdi rasant verändert. Sie schaut plötzlich, als hätte der Faustschlag eines Gegners im Boxring sie mitten ins Gesicht getroffen. »Nein!«, schreit sie nach einigen Sekunden laut, dass es über den ganzen See halt, und nochmals: »Nein! Das hätte er sich nicht getraut!«

»Doch, hat er!«, bleibt Max unerbittlich und schiebt

gleich seinen ganzen Groll hinterher: »Und du hast mich die ganze Zeit angelogen, mir die Würmer über Lena aus der Nase gezogen und die ganze Zeit gewusst, dass deine Tochter hinter all den Anschlägen auf sein Gehege und seine Fischzuchtanlage steckt.«

»Ja«, gibt sie kleinlaut zu und setzt sich auf die Kiste neben Max, »ja, natürlich wusste ich das, aber verdammt. Nein! Ich weiß nicht, was sie treibt, und das bringt mich um.«

Max rückt weg von Gerdi, er braucht Abstand, schaut sie kritisch an.

»Mein Mann war vorhin bei mir und hat mir alles von dem Brandanschlag erzählt. Er hat eine Privatdetektei aus Frankfurt beauftragt, die Täter zu finden. Über kurz oder lang werden sie auf Lena stoßen, und was dann?«

»Warum glaubst du, dass er selbst ermittelt?«

»Weil er es mir gesagt hat.«

»Und weißt du, warum?«, Max rückt wieder näher zu Gerdi und sagt leise, als könnten sie auf dem See abgehört werden: »Weil er nicht will, dass die Polizei ermittelt, weil er selbst Dreck am Stecken hat, weil er genmanipulierte Felchen gezüchtet hat!«

Plötzlich erhellen sich Gerdis Gesichtszüge. Trotz Dunkelheit sieht Max, wie ihre Augen wieder zu strahlen beginnen. Sie greift zu ihrer Fischerjacke und wickelt ihn, fast mütterlich fürsorglich, damit ein. »Bist du sicher?«, fragt sie nochmal.

Max nickt.

»Wer kann das belegen oder bezeugen?«

»Lisa, Lenas Mitbewohnerin, die arbeitet in dem Labor.«

»Dann haben wir ihn in der Hand«, lacht sie leise vor sich hin und wirft plötzlich wieder zuversichtlich wirkend ihren Außenborder an.

Zurück am Steg verabschiedet sie sich schnell von Max. Er geht etwas ratlos in sein Häuschen und trommelt seinen Frust als Begleiter des amerikanischen Jazz-Organisten Doktor Lonnie Smith aus sich raus, als wäre er sein Stardrummer Xavier Breaker.

Gerdi ruft dagegen sofort bei Lena an und bestellt sie für morgen früh zu sich. Auf ihren Anrufbeantworter sagt sie im Befehlston: »Lena, du bist morgen um acht Uhr bei mir zum Frühstück. Es ist wichtig!«

So langsam sieht sie ein Ende des Felchenspuks. Sie hat die Weichen gestellt, und die plötzlich nachweisbare Genmanipulation ihres Mannes dürfte ihrem Plan noch mehr Druck verleihen.

10.

Nicht schon wieder, denkt Max, als er vor seinem Fenster einen Wagen der Polizei stehen sieht. Laut und penetrant haben sie an seine Tür gepoltert, dass er fast senkrecht im Bett gestanden ist. »Ich komme!«, brüllt er laut und zieht sich langsam an. Er kommt sich mit der Zeit vor wie in dem Film »Täglich grüßt das Murmeltier«. Mich grüßen langsam täglich die Bullen, schimpft er vor sich hin. Trotzdem empfängt er sie an der Tür mit dem Vorwurf: »Sie kommen einen Tag zu spät.«

»Warum?«, fragt ihn einer der Polzisten.

»Weil schon vorgestern Nacht Ellegasts Hallen brannten«, antwortet Max und lässt die Beamten in der Tür stehen.

»Demnach wissen Sie, warum wir hier sind«, sagt der Beamte mit den drei Sternen auf seinen Schulterklappen. »Also: Wo waren Sie vorgestern Nacht?« Unaufgefordert sind die beiden Beamten Max in die Wohnung gefolgt.

»Da muss ich Sie enttäuschen«, antwortet Max gespielt gelangweilt, »ich denke, dass Sie 50 Zeugen zusammenbekommen, die mich vorgestern alle auf der Bühne im ›Ochsen‹ Schlagzeug spielen sahen.«

»Können Sie uns auch Namen nennen?«

»Natürlich, ich gebe Ihnen die Namen der Musiker,

mit denen ich gespielt habe, oder Sie fragen Lukas Waldschütz, den Ochsenwirt, er hat mir genau zu der Zeit das Essen serviert, als der Alarm bei Ihren Kollegen von der WaPo einging.«

»Hoppla, woher wollen Sie denn so genau wissen, wann die Meldung einging?«

»Weil ich, wie gesagt, zu der fraglichen Zeit hier in Überlingen war, und zwar, ich wiederhole mich, im ›Ochsen‹ im dortigen Biergarten, just zu der Zeit, als Ihre Kollegen mit zwei Booten nach Wallhausen losbrausten.«

»Sie sind Mitglied bei ›Peta‹, dieser Tierschutzorganisation?«, fragt ihn übergangslos der Beamte mit den drei Sternen und hält ihm eines der Magazine vor die Nase, die Max von Lisa mitbekommen und achtlos auf seinem Tisch liegen gelassen hat.

Unvermittelt sieht sich Max in der Verteidigungshaltung für die Tierrechtsbewegung und fragt scharf zurück: »Ist das verboten?«

»Nur ruhig«, antwortet der Beamte souverän, »wo würden Sie denn den Täter suchen nach all den Artikeln, die gegen die Felchenzuchtanlage in Ihren Magazinen stehen?«

»Auf jeden Fall nicht hier, nachdem ich Ihnen bereits gesagt habe, wo ich zur Tatzeit war.«

Der Beamte legt das Magazin auf den Tisch zurück, dabei fällt sein Blick auf den Adressaufkleber mit der Anschrift, an die es ursprünglich geschickt worden ist. »Aha«, kommentiert er stolz seine Entdeckung, »da haben wir eine weitere Adresse eines Mitgliedes Ihres Vereins.«

»Ja, aber Pech gehabt«, triumphiert Max, »auch Lisa war vorgestern hier in Überlingen im ›Ochsen‹.« Im selben Moment ist ihm klar, dass er schon wieder Lisa und Lena aus der Schusslinie nimmt. Warum rät er den Polizisten nicht einfach, sich der beiden anzunehmen, oder sie sollen zu seiner Nachbarin Gerdi Ellegast gehen und sie zu Lena befragen. Stattdessen beißt er sich auf die Zunge und sagt auch kein Wort über Genmanipulation, die in Ellegasts Labor wohl tatsächlich stattgefunden hat.

»Wenn Sie diese Lisa kennen, dann kennen Sie bestimmt auch Lena Ellegast, oder?«, zeigt der Polizist, dass er doch nicht so unbedarft ist, wie Max vermutet hatte.

»Lena nur flüchtig, und Lisa war, wie gesagt, vorgestern bei unserem Konzert, sie mag Jazz«, antwortet Max jetzt mit betont ruhiger Stimme, als würde ihn die Fragerei nicht berühren. Dabei ist er versucht, endlich den Bullen zu sagen, was er weiß und was Sache ist. Aber dann wäre für ihn mit dem leidigen Thema Felchenzucht und Ellegast erst recht kein Ende in Sicht, dann würde er als Hauptbelastungszeuge womöglich im Mittelpunkt stehen, und er hat jetzt die Nase von den Felchen und der Familie Ellegast wirklich gestrichen voll.

»Glauben Sie mir, ich kann Ihnen wirklich nicht weiterhelfen. Ich bin Jazzmusiker und verdiene meine Brötchen, indem ich im Seerestaurant bediene, alles andere geht mich definitiv nichts an, wirklich nicht!«, wiederholt Max stur und gibt sich innerlich recht und denkt: Verdammt nochmal, so ist es wirklich.

»Die Fakten zeigen aber ein anderes Bild«, beharrt der

Polizist, »es gab bisher drei Anschläge auf die Betriebe von Ellegast, bei zwei davon waren Sie involviert beziehungsweise in der Nähe.«

»Genaugenommen gab es nur zwei Anschläge«, korrigiert Max, »in Meersburg war es ein technischer Defekt, oder etwa nicht?«

»Vielleicht ja«, lenkt der Polizist ein, »nach dem erneuten Brand ist die erste ermittelte Brandursache wieder fraglich. Nach dem Großbrand vorgestern bei Ellegast nimmt sich die Staatsanwaltschaft Konstanz der Fälle an, deshalb müssen wir Sie zu uns ins Präsidium bitten, wo wir Ihre Aussagen protokollieren werden.«

Kaum sind die Polizisten weg, sieht Max Lena in ihrem Mini vorfahren. Nein, er hat sich nicht getäuscht, das Mädel ist nach seinem Geschmack gebaut. Er sieht, wie sie zuerst ihre langen Beine aus dem Kleinwagen streckt und dann in einem Ruck ihren sportlichen Körper herausschält. Mit der linken Hand fährt sie sich durch ihr frech abstehendes blondes Haarbüschel, mit der rechten winkt sie ihrer Mutter zu, die sie bereits an der Tür ihres Hauses erwartet.

Gerdi erwidert das Lächeln ihrer Tochter eher zögernd. Ihr sieht man den Stress und die Auseinandersetzungen in den letzten Wochen an. Max tut sie fast schon leid. Er weiß, dass sie ihren Mann und vor allem ihre Familie über alles liebt. Trotz der herrlichen Sommerwochen wirkt sie eher bleich, ihre Gesichtszüge, die früher meist strahlend und offen wirkten, sind stumpf. Sie nimmt ihre Tochter kurz in die Arme, dann gehen sie zusammen in ihr Haus.

»Was treibst du für einen Alarmismus?«, geht Lena ihre Mutter sofort an, »ich bin Studentin, wir frühstücken normalerweise frühestens um zehn Uhr.«

»Was du tatsächlich bist, das frage ich mich«, antwortet Gerdi ebenso schroff, »glaub bitte nur nicht, dass dein Vater den Brandanschlag auf sich beruhen lässt. Er wird keine Ruhe geben, bis er die Ökoterroristen, so nennt er euch, überführt hat.«

»Mama, ich und Ökoterrorist, mach dich nicht lächerlich. Ich war es nicht, weder vorgestern Abend der Brandanschlag noch vor einer Woche die Rohrbombe!«, wird Lena laut und ärgerlich.

»Max hat mir etwas ganz anderes erzählt«, antwortet Gerdi, doch als sie Lenas weitaufgerissenen, funkelnden Augen sieht, fügt sie schnell hinzu: »Er meint, du wüsstest, wer hinter den Anschlägen steckt, du und deine feinen Tanten Hanni und Nanni.«

»Tss«, zischt Lena, »der kennt sie nicht einmal und beschuldigt sie Dingen, von denen er nichts versteht.« Sie lächelt überheblich: »Hast du deinem Hobbydetektiv nicht verraten, dass ich deine Tochter bin?«

»Nein, ich wollte dich raushalten. Verstehst du denn nicht, wenn Martin und du«, sie stockt kurz, sucht nach den richtigen Worten, »wenn Martin und du, ihr beide euch nicht miteinander vertragt, dann waren die letzten 20 Jahre für uns alle umsonst!«

»Oh Mama, geht es eine Spur weniger dramatisch?«

»Lena, pass auf«, wechselt Gerdi ihren Tonfall, »ich habe mir alles genau überlegt. Ich muss von dir wissen: Hältst du zu mir, wenn ich Martin einen neuen Vorschlag unterbreite, bei dem ich ihm einen Weg zeige, wie er weiterhin seine Bodenseefelchen verkaufen und gleichzeitig auf sein Netzgehege in unserem See verzichten kann?«

»Hast du die Quadratur des Kreises gefunden?«, lacht Lena ungläubig.

»Vielleicht ja!«

»Martin, ich muss nochmal mit dir sprechen«, bittet Gerdi ihren Mann, gleich nachdem Lena wieder nach Konstanz gefahren ist, am Telefon. Sie hat die Nummer seines privaten Handys gewählt. »Ich habe mit Lena gesprochen und möchte dir einen Vorschlag zur Güte machen«, säuselt sie versöhnlich. »Bitte!«

Eine Stunde später rauscht Martin Ellegast mit seiner Privatjacht, mit zweimal 200 PS, von Meersburg in den Überlinger See. Gleichzeitig tuckert Gerdi Ellegast mit ihrem kleinen Außenborder mit 15 PS an ihrem Fischerboot von ihrer Fischerhütte, unterhalb der Birnau, in die Seemitte. Wer die beiden Boote von der Birnau aus auf dem See aufeinander zusteuern sieht, befürchtet, sie werden bald ineinander krachen. Doch schnell stellt sich heraus, dass die beiden Bootsführer ihre Schifffahrtskunst wohl beherrschen, denn die Jacht stellt sich plötzlich kurz vor dem Fischerboot quer, und das kleine Boot legt bei.

Gerdi wirft dem Jachtführer ihre Leine zu, der macht sie an einer Klampe seines Bootes fest und hilft ihr beim Umsteigen.

»Warum hier?«, fragt Martin Ellegast seine Frau.

»Weil wir hier ungestört sind und weil wir hier auf dem See uns vor über 20 Jahren versprochen haben, für immer zusammenzuhalten, in guten wie in schlechten Tagen.«

»Und jetzt sind schlechte Tage?«, lacht Martin Ellegast arrogant. »Für dich oder für mich?«

»Martin, ich möchte eine gemeinsame Lösung für uns finden und nicht weiter mir dir streiten.«

»Was soll das heißen?«, wischt er ihre Annährungsversuche beiseite, »manchmal gibt es keine Lösung.«

»Ich habe für eine gesorgt«, schmunzelt sie hoffnungsvoll und setzt dann barsch hinzu: »Und wenn du deine kriminellen Machenschaften mit diesem amerikanischen Forscher weiter unter der Decke halten will, solltest du dir mein Angebot gut überlegen.«

»Was soll der Quatsch«, braust Ellegast auf und funkelt seine Frau böse an, »was sind das für Unterstellungen, was redest du überhaupt? Hat dir das unser liebes Töchterchen eingeflüstert?«

»Ich brauche dazu keine Lena«, schießt Gerdi ebenso schnell zurück, »das krächzen schon bald die Möwen rund um den See von ihren Dalben.«

Martin Ellegast ist auf 180 und schreit seine Frau an: »Ob Lena oder Lisa, dieses Miststück hat sich bei uns eingeschlichen und verkauft Betriebsgeheimnisse, dafür wird sie sich rechtfertigen müssen. Die Forschungsarbeiten von Doktor Boston sind völlig legal! Schon was von blauer Genforschung gehört, das wird unsere Zukunft sein.«

»Unsere leider nicht, Martin«, antwortet Gerdi betrübt, »wenn dir unsere Familie noch einen Deut wert ist, dann hör mir einfach zu.«

Martin schaut Gerdi herausfordernd an, sie nutzt die

Chance und schildert in ruhigen Worten ihren Plan: »Wir haben das EU-Siegel für unsere Wildfelchen erhalten. Wir Berufsfischer des Bodensees werden unsere Felchen in Zukunft mit dem Siegel »Wildfisch vom Bodensee« auszeichnen und uns so klar von deinen Felchen abgrenzen«, verrät sie mit Stolz in ihrer Stimme, hält dann kurz inne, sieht, dass ihr Mann keine Regung zeigt, und fährt fort: »Ich weiß, dass du ein Patent für die Bezeichnung *Bodenseefelchen* angemeldet hast. Das mag etwas irritierend sein, aber wir beide wissen, dass du die Felchen, egal woher, einfach hier am See filetierst, mehr nicht.«

Martin Ellegast verharrt nach wie vor in seiner ablehnenden Position, an der Reling stehend, und gibt keine Zeichen von Zustimmung oder Ablehnung.

»Ich werde dir dafür sogar Felchen verkaufen, wenn du willst, oder wir züchten sie gemeinsam.« Sie hat sich entschieden, ihm ihr Geheimnis zu offenbaren, und lässt deshalb die Katze aus dem Sack: »Ja, Zuchtfelchen, aber nicht aus einem Gehege aus unserem Bodensee, sondern aus einer Zuchtstation im Hinterland.«

Hinterland nennen die stolzen Seehasen die Landstriche rund um ihren See, dazu zählt der Hegau, das Linzgau, Oberschwaben, aber auch das Allgäu.

»Ideal für Felchen ist das Allgäu«, verrät sie ihrem Mann ihren Plan, »der Alpsee ist groß und tief genug und hat auch im Sommer immer kalten Zufluss von den Bächen aus den Alpen. Ich habe mit den zuständigen Behörden in Immenstaad gesprochen, die zeigen sich offen für so eine Anlage«, verrät sie ihren gesamten Plan.

»Was hast du gemacht?«, dreht sich Ellegast plötzlich ihr zu, »das glaub ich nicht!«, krächzt er fassungslos. »Du willst mir Zuchtfische anbieten?«

»Du lässt deine Finger von unserem See und unseren Wildfelchen, und ich biete dir Zuchtfelchen, aber aus einem Gehege in einem geschlossenen System aus dem Hinterland, an. Das alles kann auch unter uns bleiben, und du machst die Fischzucht im Allgäu mit deiner Firma und verkaufst die Felchen nach deiner EU-Zertifizierung als Bodenseefelchen, das ist mir egal, dagegen kann ich nichts unternehmen. Damit schaffst du deine Menge und wir unsere Wildfischqualität.«

Ellegast schaut seine Frau fassungslos an, offensichtlich weiß er nicht, was er sagen soll, er ist perplex.

»Auch Lena findet diese Idee gut«, spricht Gerdi jetzt leiser und versucht, ihren Mann endgültig emotional zu überzeugen. »Der See bleibt frei von fragwürdigen Medikamenten, deine Versuche, genveränderte Felchen zu entwickeln, das weißt du selbst, würden dir nur noch mehr Feinde schaffen. Genveränderte Tiere mögen die Menschen nicht, vergiss es!«

»Kein Mensch schmeckt den Unterschied, die Zeit wird mir recht geben, und von deinen Wildfelchen werden, wenn der See sich weiterhin so erwärmt, bald keine mehr im See schwimmen«, prophezeit er. »Aber deine Idee mit Gehegen in Alpenseen klingt interessant, das gebe ich zu«, lächelt er sie zum ersten Mal mit Achtung und auch etwas Liebe in den Augen an, »du kannst mich nach über 20 Ehejahren noch immer überraschen.«

Er bückt sich zu der Klampe, an der Gerdis Boot mit einer Leine festgemacht ist, drückt ihr das Ende der Leine in die Hand und sagt: »Ich habe einen dringenden Termin, du solltest jetzt nach Hause tuckern, ich melde mich.«

Zum ersten Mal seit Langem fährt Gerdi Ellegast mit einem zufriedenen Gefühl zu ihrer Fischerhütte, die ihr doch nur zu einer kurzzeitigen Fluchtburg werden soll.

»Unsere Ermittlungen führen zu zwei beziehungsweise drei Personen«, legt der Detektiv aus Frankfurt Martin Ellegast schon nach einem Tag die ersten Ergebnisse vor. Als er sich ihm vorgestellt hatte, musste Ellegast kurz grinsen. Für ihn sah der Mann so durchschnittlich aus wie die billigen Detektive in schlechten Vorabendserien: etwas schmuddelig, Jeans und Lederjacke, Oberlippenbart wie einst Magnum und eine Vokuhilafrisur aus den 1980er-Jahren.

»Vor allem Ihre Kellerräume sind uns immer wieder ins Visier gerückt. Was haben Sie denn da getrieben? War da ein Labor und wo ist Ihr Laborleiter jetzt, wenn man ihn so nennen darf, Jeff Boston?«, zeigt der Vorabend-Detektiv seinem Auftraggeber schnell, dass er sein Handwerk beherrscht.

»Im Urlaub«, kontert Ellegast schnell. Nach kurzem Überlegen erklärt er weiter: »Das war schon länger geplant. Er flog gestern Mittag. Warum hätte ich ihn zurückhalten sollen? Ihn können Sie als Brandstifter ausschließen, das wäre doch zu lächerlich.«

»Und seine Assistentin, diese Lisa, ist sie mit ihm in den Urlaub geflogen?«, hakt der Detektiv mit einem maliziösen Lächeln nach.

»Nein, warum?«, blafft Ellegast langsam etwas genervt.

»Nun, auch sie ist nicht zum Dienst erschienen, wie uns die Personalabteilung mitteilte.«

»Tja, was will sie nach dem Brand im Labor auch machen? Sie ist eine Praktikantin, vielleicht hat sie heute Vorlesungen?«, weicht Ellegast aus, »sie studiert noch.«

»Vielleicht mit Ihrer Tochter?«, stichelt der Detektiv süffisant weiter. »Lena Ellegast ist doch Ihre Tochter, oder etwa nicht?«

»Ja, und was hat sie damit zu tun?«, gibt Ellegast zunehmend unwirsch zurück.

»Nun ja, wie es aussieht, finden die beiden Ihre Zuchtanlage hier in Wallhausen nicht so prickelnd«, wird der Detektiv ernster in seinem Tonfall.

»Was wollen Sie damit sagen?«, herrscht Ellegast ihn an. »Sie sollen mir die Brandstifter bringen und nicht in meinem Privatleben herumschnüffeln.«

»Und wenn sich das nicht trennen lässt?«

»Danke für Ihre Bemühungen«, presst Ellegast nach kurzer Überlegung zwischen den Zähnen hervor, »damit ist Ihr Auftrag erledigt und beendet.« Er steht auf und reicht seinem Gegenüber die rechte Hand. »Sie können mir die Rechnung mitsamt Ihren Spesen zukommen lassen. Auf Wiedersehen.«

Max traut seinen Augen nicht. Vor Gerdis Haus stehen nebeneinander der dicke SUV von Martin Ellegast und der kleine Mini von Lena. Im Haus bietet sich ein Bild, das der glücklichen Familie in der Rama-Werbung gleicht. Wobei die Gesichter der drei an dem Frühstückstisch nicht gerade um die Wette strahlen. Nur Gerdi sieht wieder etwas glücklicher aus, während Lena noch immer mit ihrem Vater zankt, der versucht, streng dagegen zu halten.

Die drei haben sich verabredet, um sich über die Zukunft des Familienunternehmens, der Ellegast Fischerei GmbH, einig zu werden. Lena hat die Idee ihrer Mutter schnell akzeptiert, sie findet ihre Idee zur Rettung der Felchen mit zwei Lösungsansätzen klug: »Wir müssen in erster Linie unseren Bodensee als Trinkwasserspeicher frei von Schädlingen, Medikamenten, Antibiotika, Genverunreinigung und Emissionen halten!«, doziert sie, als säße sie in der Uni. »Mit Mamas Vorschlag und ihrem Siegel für den Wildfang retten wir den See, die Wasserqualität und den Berufsstand der Bodenseefischer.« Dann schaut sie zu ihrem Vater: »Und du hast deine Felchenzucht im kalten Alpsee und kannst sie dann, wie immer und geplant, in Massen deinem Ochsner verkaufen. – Von mir aus«, hebt sie ergeben ihre Schultern hoch.

Ihr Vater schaut sie belustigt an und meldet als Betriebswirt seine Zweifel an: »Das Ganze rechnet sich nur, wenn wir 30-Gramm-Jungfelchen im Frühling, wenn der Alpsee aufgetaut ist, einsetzen, und die Felchen im Herbst mit 300 Gramm entnehmen können, dann kann das tatsächlich ein Geschäft werden«, kalkuliert er. »Dann entnehmen wir die Felchen vor der Geschlechtsreife als sterile Weibchen, die wachsen schneller, sparen so viel Zeit und Futter, und wir haben von September bis Weihnachten ein Topangebot auf dem Markt. Könnte funktionieren!«

»Und im Sommer bieten wir unsere Wildfelchen aus dem See an. Wir Berufsfischer können so die Preise mit dem garantierten Siegel des Wildfangs deutlich erhöhen.«

»Klingt alles zusammen naturverträglich«, zieht Lena Bilanz.

»Und familienverträglich«, freut sich Gerdi.

»Wir werden die Gehege bei Wallhausen abbauen und in das Allgäu verfrachten, das ist kein Problem«, rechnet Ellegast vor, der es geschafft hat, den Vorwurf der Genmanipulation aus der Welt zu schaffen. Mit seinem Haustechniker ist es ihm gelungen, den Brandherd im Labor zu verorten. Jeff Boston hat offensichtlich, bevor er in den Urlaub fuhr, einen Generator mit Benzinmotor installiert, damit die Wassertemperaturenn in den Aquarien auch bei einem eventuellen Stromausfall konstant bleiben. Dabei gab es in dem Generator einen Kurzschluss, und das Benzin in dem Kanister, den Jeff Boston im Labor hatte stehen lassen, hat sich entzündet. Auch die Polizei hat den verkohlten Kanister verifiziert. Die Erklärung des Hauselektrikers stimmte mit den Ergebnissen der Polizei und der Feuerwehr überein.

»Die Gebäudeversicherung wird in den nächsten Wochen für den Brandschaden aufkommen, dann können wir das Geld in das neue Allgäuprojekt investieren«, lässt sich Martin Ellegast seiner Frau zuliebe auf die neue Geschäftsidee ein.

»Und was machst du mit dem Gelände der ehemaligen Werft beziehungsweise mit deiner Fischzuchtanlage in Wallhausen?«, will Lena wissen.

»Tja, mein Töchterchen«, legt Martin Ellegast seinen Arm um die Schulter seiner Tochter, »ich muss das gesamte Unternehmen im Blick haben und für eine gesicherte Zukunft meiner lieben Tochter sorgen«, sagt er geheimnisvoll.

11.

Max macht noch zwei Züge und taucht mit dem Kopf unter Wasser, dann hievt er sich am Steg von Gerdi hoch und schnappt sich sein Handtuch. Energisch trocknet er sich ab, es ist empfindlich kühler geworden, dafür sind auch die Quallen wieder weg, freut er sich. Auch Gerdi ist weg, sie ist zu ihrem Mann nach Meersburg gezogen, ihr Fischerhaus ist wieder verwaist.

Manche Abende waren ganz schön mit ihr, denkt Max, aber er hat gehört, dass Lena in das leerstehende Fischerhaus einziehen möchte. Auch keine üble Nachbarin, denkt er.

Heute zieht er zum ersten Mal eine Jacke an, bevor er auf das Fahrrad steigt und zu Ochsner fährt. Der Sommer ist zwar vorüber, tagsüber ist es noch immer warm und schön, aber am Abend wird es empfindlich kühl. Am Mittag sitzen die Gäste noch auf der Terrasse des Seerestaurants, und Max muss alle Tische eindecken.

Neu ist der Inhalt der Speisekarte und der Tafel, die er nach wie vor jeden Tag beschriften muss. »Das gefällt den Gästen«, glaubt Ochsner, »das wirkt! Als würden wir tatsächlich jeden Tag frischen Fisch geliefert bekommen.« Wobei Ellegast Ochsner nur einmal in der Woche mit seinen jetzt neu: Allgäuer Felchen beliefert. Aber: Filetiert in Meersburg, werden sie zu Bodenseefelchen nach EU-Norm verwandelt und tiefgefroren ausgeliefert.

»Bodenseefische« schreibt Max nach wie vor auf die schwarze Tafel, darunter aber seit Wochen: »Bodenseefelchen, garantierter Wildfang 28 Euro, und noch weiter unten: Bodenseefelchenfilet nach Art der Fischerin vom Bodensee 22 Euro«.

Die Fragen der Gäste nehmen zwar zu. Doch Max lässt sich nicht beirren. »Bodenseefelchen aus Wildfang, damit ist doch alles gesagt!«, klärt er auf und fügt meist noch hinzu: »Selbstverständlich aus dem Bodensee!«

Und ja: »Bodensee-Felchenfilet nach Art der Fischerin vom Bodensee, ist doch auch klar: Das Felchen wird nach alter, traditioneller Herstellung hier am See mit Bodenseewasser von der Fischerin vom Bodensee, oder ihren Helfern, filetiert und auch geräuchert, wie von der EU garantiert und patentiert!«

»'s wird all bleder,«, fügt Max bei einheimischen Gästen meist noch hinzu. Manche geben sich als Freund des Heimatdichters Walter Fröhlich zu erkennen und geben zur Antwort: »Mont de Wafrö.« Und Max fügt hinzu: »I mon's au!«

Seinen Freund Hanspeter hat Max schon länger nicht mehr gesehen. »Ich habe gerade einen ganz großen Fisch an der Angel«, hat dieser ihm verraten, »du glaubst nicht, wer mich angerufen hat.« Dann hat er ihm wiederholt seine neue Philosophie zum Leben der Karpfen vorgetragen, die auch ihn charakterisiere: »Der Karpfen bleibt immer schön in seinem Wasserloch stehen und wartet, bis ein guter Happen vorbeischwimmt.«

Max schaut ihn an und denkt, Hanspeter gleicht wirklich immer mehr einem Karpfen. Offenbar hat ihm kein Geringerer als Martin Ellegast den verführerischen Happen vorgelegt. Denn auch dieser scheint für Max plötzlich unter die Philosophen gegangen zu sein, indem Karpfen den Fischmagnaten zitiert: »Das Glück für uns findet sich nicht *im* Wasser, sondern *am* Wasser!«

Zwei Sätze später ist Max der Grund der Eintracht der Seephilosophen klar. Die beiden verwandeln eine einst grüne Wiese direkt am See, die kurzzeitig auch als Werft diente und auf die Ellegast seine Fischverarbeitungshallen gebaut hatte, jetzt in einen noblen See-Wohnpark.

»Das wird eine ganz große Sache«, ist Hanspeter begeistert, »der Ellegast will drei mehrgeschossige Blöcke hinstellen, alle mit Seeblick.«

»Und da baust du mit?«, fragt Max naiv.

Hanspeter lacht laut: »Du Hirsel, bauen werden Bauarbeiter, finanzieren wird es Ellegast beziehungsweise seine Investoren, das ist die Aufgabe eines Wohnungsmaklers.«

»Und?«, staunt Max.

»Was und?«, wundert sich Hanspeter über die wenig enthusiastische Reaktion seines Freundes, »ein Millionenprojekt!«

Ich verstehe, dafür müsste der Ellegast viele Felchen genmanipulieren, denkt Max.

»Größtes Felchen, das jemals im See gefangen wurde«, titelt der ›Südkurier‹. Max sieht in der Zeitung ein Foto von Gerdi Ellegast mit einem riesigen Felchen in der Hand. Über 70 Zentimeter misst der Fisch und wiegt fast zehn Kilogramm. »Die Fischerin vom Bodensee«, steht unter dem Bild, »Gerdi Ellegast beweist, dass sie ihren Titel noch immer zu Recht trägt!«

Jeden Herbst werden im Bodensee im großen Stil Felchen zur Laichzeit gefangen. Ihr Rogen wird den Fischen aus dem Laib gepresst und an Fischzuchtanstalten weitergegeben. So soll dem Felchensterben im See vorgebeugt werden.

»Der gemeinsame jährliche Laichfischfang zeigt den Zusammenhalt der Berufsfischer am See«, konstatiert Lena Ellegast als Biologin, »aber bringen tut das alles leider nicht viel«, weiß sie auch.

Da sind sich ausnahmsweise sie und ihr Vater einig. Martin Ellegast lacht zu dem Spiel und hat seine Frau mit ihrem großen Fang ebenfalls fotografiert. Sie muss doch etwas ahnen, denkt er. Nach der mageren Fangsaison solch ein kapitales Felchen! Ellegast sieht seine Fischerin vom Bodensee strahlen wie in alten Zeiten. Wenn sie etwas ahnt, behält sie das Geheimnis für sich, ist ihm klar. Er sendet das Bild Jeff Boston und schreibt dazu: »Gute Arbeit – hast du noch paar von diesen Kois?«